新・浪人若さま
新見左近【六】
恨みの剣

佐々木裕一

双葉文庫

目次

主な登場人物

新見左近《にいみさこん》——浪人新見左近を名乗り市中に出るが、その正体は甲府《こうふ》藩主徳川綱豊《とくがわつなとよ》。たびたび市中に繰り出しては、秘剣葵一刀流《あおいいっとうりゅう》でさまざまな悪を成敗しつつ、自由な日々を送っていた。五代将軍綱吉《つなよし》たっての願いで仮の世継ぎとして西ノ丸《にしのまる》に入ってからは平穏な日々を過ごしていたが、京にいるはずのお琴《こと》の身に危難が訪れたことを知り、ふたたび市中へくだる。長き戦いの末、闇将軍を討ち果たす。

お峰《みね》——実家の旗本三島《みしま》家が絶《た》えたため、母方の伯父《おじ》である岩城雪斎《いわきせっさい》の養女となっていた、左近の亡き許嫁《いいなずけ》。妹のお琴の行く末を左近に託す。

お琴《こと》——お峰の妹で、左近の想い人。小間物問屋、中屋《なかや》の京の出店をまかされ江戸を離れていたが、店を焼かれたため江戸に逃れ身を潜《ひそ》めていた。貴船屋《きぶねや》の事件解決後、左近と無事再会を果たし、三島《みしま》町《ちょう》で小間物屋の三島屋《みしまや》を再開している。

権八《ごんぱち》——およねの亭主で、腕のいい大工。女房のおよねともども、お琴について京に行っていた。江戸に戻ってからは大工の棟梁《とうりょう》となり、三島屋裏の鉄瓶長屋《てつびんながや》で暮らしている。

およね——権八の女房で三島屋で働いている。よき理解者として、お琴を支えている。

吉田小五郎《よしだこごろう》——甲州《こうしゅう》忍者を束《たば》ねる頭目《とうもく》で、左近の護衛役。幼《おさな》い頃から左近に仕《つか》え、全幅《ぜんぷく》の信頼を寄せられている。三島町で再開した三島屋の隣で煮売り屋をふたたびはじめ、配下のかえでと共にお琴の身を警固《けいご》する。

かえで——小五郎配下の甲州忍者。小五郎と共に左近を助け、煮売り屋では小五郎の女房だと称している。

岩城泰徳《いわきやすのり》——お峰とお琴の義理の兄で、本《ほん》所《じょ》石原町《いしわらちょう》にある甲斐無限流《かいむげんりゅう》岩城道場の当主。父雪斎が左近の養父新見正信《にいみまさのぶ》と剣友で、左近とは幼い頃からの親友。妻のお滝《たき》には頭が上がらぬ恐妻家だが、念願の子を授かり、雪松《ゆきまつ》と名づけた。

間部詮房《まなべあきふさ》——左近の養父で甲府藩家老の新見正信が、左近の右腕とするべく見出《みいだ》した俊英《しゅんえい》。左近が絶大な信頼を寄せる、側近中の側近。

雨宮真之丞《あめみやしんのじょう》——お家再興を願い、左近の命を狙うも失敗。境遇を哀《あわ》れんだ左近により甲府藩に召し抱えられ、以降は左近に忠実な家臣となる。

岩倉具家《いわくらともいえ》——京の公家の養子となるも、密《ひそ》かに徳川家光《いえみつ》の血を引いており、将軍になる野望を持っていたが、左近の人物を見込み交誼《こうぎ》を結ぶ。鬼法眼《きほうがん》流《りゅう》の遣《つか》い手《て》で、京でお琴たちを守っていたが、修行の旅を経《へ》て江戸に戻ってきた。

西川東洋《にしかわとうよう》——上野北大門町《うえのきただいもんちょう》に診療所を開く、甲府藩の奥医師。左近がお琴のところに通いはじめたと知り、診療所を女中のおたえにまかせ、三島屋そばの七軒町《しちけんちょう》に越してきていた。

篠田山城守政頼《しのだやましろのかみまさより》——左近が西ノ丸に入る際に、綱吉が監視役として送り込んだ附家老《つけがろう》。通称は又兵衛《またべえ》。元は直参《じきさん》旗本で、左近のもとに来るまでは、五年にわたって大目付《おおめつけ》の任に就いていた。

三宅兵伍《みやけひょうご》——左近が西ノ丸に入ってから又兵衛によってつけられた、近侍《きんじ》四人衆の一人。左近と同年配の、真面目で謹直《きんちょく》な男。

早乙女一蔵《さおとめいちぞう》——左近の近侍四人衆の一人。穏やかな気性だが、念流《ねんりゅう》の優《すぐ》れた技を遣う。

砂川穂積《すながわほづみ》——左近の近侍四人衆の一人。四人の中では最年少だが、気が利く人物で、密偵としての才に恵まれ、深明流小太刀術《しんめいりゅうこだちじゅつ》の達人でもある。

望月夢路《もちづきゆめじ》——左近の近侍四人衆の一人。地獄耳の持ち主。左近を敬《うやま》い、忠誠を誓っている。

新井白石《あらいはくせき》——左近を名君に仕立て上げるべく、又兵衛が招聘《しょうへい》を強くすすめた儒学者《じゅがくしゃ》。本所で私塾を開いており、左近も西ノ丸から通っている。

徳川綱吉《とくがわつなよし》——徳川幕府第五代将軍。四代将軍家綱《いえつな》の弟で、甥《おい》の綱豊（左近）との後継争いの末、将軍の座に収まる。だが、自身も世継ぎに恵まれず、その座をめぐり、娘の鶴姫《つるひめ》に暗殺の魔の手が伸びることを恐れ、綱豊に、世間を欺《あざむ》く仮の世継ぎとして、西ノ丸に入ることを命じた。

柳沢保明《やなぎさわやすあき》——綱吉の側近。大変な切れ者で、綱吉の覚えめでたく、老中格に任ぜられ、権勢を誇《ほこ》っている。

徳《とく》川《がわ》家《いえ》宣《のぶ》

江戸幕府第六代将軍
寛《かん》文《ぶん》二年（一六六二）～正《しょう》徳《とく》二年（一七一二）

寛文二年（一六六二）四月、四代将軍徳川家綱《いえつな》の弟で、甲府《こうふ》藩主徳川綱重《つなしげ》の子として生まれる。綱重が正室を娶《めと》る前の誕生であったため、家臣新見正信《にいみまさのぶ》のもとで育てられる。

寛文十年（一六七〇）、九歳のときに認知され、綱重の嗣子《しし》となり、元服後、綱豊《つなとよ》と名乗る。延《えん》宝《ぽう》六年（一六七八）の父綱重の逝去《せいきょ》を受け、十七歳で甲府藩主となる。将軍家綱が亡くなった際には、世継ぎとして候補に名があがったが、将軍の座には、叔父《おじ》の綱吉《つなよし》が就《つ》いた。五代将軍綱吉も、嫡男《ちゃくなん》の早世《そうせい》や、長女鶴姫《つるひめ》の婿《むこ》である紀州《きしゅう》藩主徳川綱教《つなのり》の死去等で世継ぎに恵まれなかったため、宝永《ほうえい》元年（一七〇四）、綱豊が四十三歳のときに養嗣子となり、江戸城西ノ丸《にしのまる》に入り、名も家宣と改める。宝永六年（一七〇九）の綱吉の逝去にともない、四十八歳で第六代将軍に就任する。

将軍就任後は、生類憐《しょうるいあわれ》みの令をはじめとした、前政権で不評だった政策を次々と撤廃《てっぱい》。間部詮《まなべあき》房《ふさ》を側用人《そばようにん》として重用し、新井白石《あらいはくせき》の案を採用するなど、困窮《こんきゅう》にあえぐ庶民のため、政治の刷新をはかり、万民に歓迎される。正徳二年（一七一二）、五十一歳で亡くなったため、治世《ちせい》は三年あまりとごく短いものであったが、徳川将軍十五代の中でも一、二を争う名君であったと評されている。

新・浪人若さま　新見左近【六】

恨《うら》みの剣

第一話　座敷牢《ざしきろう》

一

例年七月六日は、尾張《おわり》、紀州《きしゅう》、水戸《みと》の徳川御三家《とくがわごさんけ》以下、会津松平家《あいづまつだいら》、高松松《たかまつ》平家、井伊家《いい》などの重臣が登城し、大判を献上する。

西ノ丸《にしのまる》に暮らす新見左近《にいみさこん》こと、徳川綱豊《つなとよ》は、将軍綱吉《つなよし》のそばに座し、行事に参加した。

順にあいさつをする大名たちは、左近が綱吉の跡を継いで六代将軍になるものと信じている。この場では当然、綱吉に続き、左近にもあいさつをする。

左近が綱吉に懇願《こんがん》されて西ノ丸に入り、跡を継ぐ者として皆の前に出るのは事情がある。将軍家に近しい者が揃《そろ》うこの中に、紀州徳川家の嫡子《ちゃくし》綱教《つなのり》に嫁《とつ》いでいる綱吉の愛娘《まなむすめ》、鶴姫《つるひめ》の暗殺をしようとした者がいるからだ。

世継ぎに恵まれない綱吉が、鶴姫の夫綱教に将軍職を継がせようと考えたことが広まり、それをよしとせぬ者が暗殺をもくろみ、失敗に終わった。何者の仕業《しわざ》か突き止めることができず、綱吉は今も、左近を西ノ丸から出そうとしないのだ。三代将軍家光《いえみつ》の孫である左近は、綱吉と共に、五代将軍の座に就《つ》くと目《もく》された者。その左近が綱吉の跡を継ぐことに反対する者はおらず、今日登城した大名たちは、左近に対して、うやうやしく頭を下げる。

その姿を見る綱吉の内心がどうなのか、左近に計り知ることはできない。だが、こうすることで鶴姫を守れ、世が安寧《あんねい》ならば、西ノ丸に座す意味がある。

そう腹を据《す》えている左近は、大名たちのあいさつを受け、何ごともなく行事を終えた。

左近は西ノ丸に帰るべく、綱吉に頭を下げて去ろうとした。

綱吉は、左近を見据《みす》えて言う。

「明日も頼むぞ、綱豊」

左近は座り直し、ふたたび両手をついて承諾した。

七日は七夕《たなばた》の節句《せっく》で、大名と御目見《おめみえ》以上の旗本が総登城する。ことに総登城は、左近のことを世に知らしめる場。顔を出さなければ、左近と将軍家との不仲がたちどころに噂《うわさ》されるため、はずすことはできないのだ。

むろん、左近は欠席したことはない。だが綱吉は、左近が市中に出ることを許してからというもの、神経を尖《とが》らせているようだった。

念を押された左近は、綱吉の御前を辞し、廊下を歩いていた。すると、あとを追ってきた柳沢保明《やなぎさわやすあき》が、左近を呼び止めた。

茶坊主を下がらせた柳沢が、周囲に人がいないのを確かめ、立ったまま言う。

「上様は、そなた様が長らく市中へ出ておられぬため、そろそろ虫が騒いでいるのではないかと案じておられるのです」

出たいのであろう、と言いたそうに薄笑いを浮かべる柳沢に、左近も笑みを浮かべる。

「人を落ち着きのない子供のように申すな」

すると柳沢は、表情をさらに崩した。

「新井白石《あらいはくせき》殿の私塾へは、行っておられますか」

左近は顔には出さぬが、胸の内で身構えた。柳沢が進めている小判改鋳《こばんかいちゅう》の事業を、白石が批判しているからだ。偽《にせ》小判が出回ったことで、白石の公儀に対する不信は増している。柳沢がそのことを疎《うと》ましく思っていることは、間違いない。

「十日前に行ったが、それがいかがした」

左近が言うと、柳沢は表情を引き締めた。

「次はいつ行かれますか」

「さて、まだ決めておらぬ」

「では、次に行かれた時、小判改鋳のことをあれこれ申すなと、釘を刺していただきたい」

「何か、不都合があったのか」

「新井殿は、西ノ丸様に講義をする学者。そのことは今や、市中の者の知るところとなっております。新井殿が改鋳を否定することで、小判を出し渋る者が増えておるのです。これは、天下の政《まつりごと》を邪魔する者、と申しても過言ではないかと。このままでは、いかにそなた様に仕《つか》える者とて、捨てておくことができなくなります」

「余《よ》を脅《おど》すのか」

「さにあらず。ご忠告申し上げたまでにございます」

柳沢は頭を下げ、綱吉のもとへ戻っていった。

見送った左近は、小さく息を吐いた。柳沢に言われるまでもなく、白石には慎《つつし》むよう申しつけている。だが白石は、これは徳川の世のため、民のため、と言い、さらには、いずれ将軍になられるあなた様の御《おん》ため、質の悪い小判を世に出回らせてはいかぬのです、と豪語し、従わないのだ。

一度質を落としてしまえば、二度と良質の小判に戻せない。そうなれば、交易のある外国に足下《あしもと》を見られて品物の値がはね上がり、大量の金銀が日ノ本《ひのもと》から流出する。

海の外にも目を向けている白石は、目先のことしか考えず改鋳を進める今の幕府を批判し、止めようとしているのだ。

白石が言うことは正しい。

そう思っている左近であるが、今の柳沢の様子では、何かと理由をつけて捕らえかねない。そうさせぬためには、正式に甲府藩《こうふはん》で召し抱えることが得策なのだが、先日誘った時も、答えは同じだった。私塾に通う者がいる限り、本所《ほんじょ》から離れる気がないのだ。

市中に出られぬ左近は、急ぎ西ノ丸に戻り、側近の間部詮房《まなべあきふさ》に相談した。

「柳沢殿ならば、やりかねませぬ」

神妙に答えた間部は、左近の意を汲《く》み、白石の口を止めると言って、本所へ向かった。

夜になって戻った間部は、一通の文《ふみ》を携《たずさ》えていた。

居室で受け取った左近は、目を通して安堵《あんど》の息を吐く。

「どうやら、わかってくれたようだな。どうやって説得したのだ」

すると、下座で正座している間部は、含んだ笑みを浮かべた。

「殿が将軍になられるまで、口を閉ざせと申しました」

左近は声も出ない。

間部が続ける。

「白石殿は、本気で殿が将軍になられることを望んでおります」

「めったなことを申すな。上様のお耳に入れば、厄介《やっかい》なことになる」

「いいえ。今は、殿が将軍になられると皆が信じることは、上様にとっても好都合のはず。お咎《とが》めはございませぬ」

そう言う間部の顔は、真剣そのもの。

左近は、訊《き》かずにはいられない。

「白石と、何を話したのだ」

すると間部は、また含んだ笑みを浮かべた。

「夢を語り合いました」

　夢とは何ぞ、と左近は訊いたが、間部は答えなかった。

二

「なぁ、およね、お琴《こと》ちゃんは今日、ご先祖の墓参りに行くと言っていたな」

　権八《ごんぱち》は出かける前になって口にした。

　火打ち石を背中に向かって打っていたおよねが、手を止めた。

「なんだい思い出したように。それがどうしたんだい」

「左近の旦那が、お琴ちゃんの姉《あね》さんの仏壇に手を合わせに来られやしないかと思って、留守だといけないと考えたわけだ」

「心配ご無用。いらっしゃらないわよ」

「どうして」

「だって今日は、お城に日ノ本中のお大名とお旗本が集まって、徳川宗家のご先祖様にお参りする日だから、左近様は外に出られないでしょう。毎年のことだよ、忘れたのかい」

「そういやそうだった。すっかり忘れちまってた」

「それより、お前さんが心配だよ。夕べから口数が少ないけど、考えごとでもあるのかい」

「仕事のことだ、ほっとけ」

「ほっとけるもんかね。今朝だって、おまんま食べてたかと思うと急に手を止めて考えごとして、箸《はし》から茄子《なす》が落ちたのも気づかず口に運んでたじゃないのさ」

権八は苛立《いらだ》ち、頭をかいた。

「うるせぇよ、仕事のことに口を出すな。んじゃあな」

家から出ると路地を急ぎ、表通りに出た。

まっすぐ向かったのは蔵前《くらまえ》だ。せっかちな権八の足で、半刻《はんとき》と少し（約一時間半）ばかりで到着する。

仕事を頼みたいから来てくれと呼ばれたのは、米問屋の玉井屋《たまいや》。昨日から考えているのは、あるじの七右衛門《しちえもん》が病床に臥《ふ》し、具合が思わしくないと知ったからだ。

お琴と上方《かみがた》に行くまでは、七右衛門には贔屓《ひいき》にしてもらっていた。江戸に戻ってからも無沙汰《ぶさた》をしていたが、齢《よわい》はまだ四十五のはず。息災《そくさい》だろうと思い会ってもいなかったが、仕事の依頼と共に病《やまい》のことを知り、心配でたまらないのだ。

見舞いの品を支度することさえ忘れて、道を急いだ。

玉井屋に着くなり、店の前に顔見知りの手代《てだい》を見つけて駆け寄り、肩をたたく。

「宗吉《そうきち》さん、来たぜ」

肩をたたかれてびくりとした宗吉が振り向き、明るい顔をした。

「権八さん、お久しぶりです」

権八は神妙な顔でうなずく。

「まったく無沙汰をしてしまったよ。番頭さんに呼ばれて来たんだが、その前に、七右衛門さんの具合はどうなんだい」

途端に、宗吉の表情が曇った。二十歳《はたち》を過ぎた顔に、十年以上奉公してきた苦労が染み出たように、権八には映《うつ》る。

「思わしくないのかい」

宗吉の目に涙がにじむ。

「医者が言いますには、年を越せるかわからないそうです。旦那様がこんな時に、若旦那は帰ってこられないし、いったいどうなるのか心配でたまりません」

無理もないことだ。八歳の時から奉公し、厳しくも可愛がってもらった七右衛門が病に倒れたばかりか、跡継ぎが遊びほうけて帰らないでは、混乱もするだろう。

権八はふと気になった。

「こんな時に、何を普請《ふしん》されるんだい。先日の嵐で、どこか壊れたのかい」

宗吉は首を横に振った。

「そのようなことはないです」

「何か聞いているかい」

「いいえ、今知りました」

「そうかい。それじゃ、行ってみるか。こんなことになって心配だろうが、重い米を扱う時は、考えごとせずに働かないと怪我《けが》するぜ。気をつけなよ」

「ありがとうございます」

権八は肩をたたいて励《はげ》まし、中に入った。

帳場にいた番頭の富介《とみすけ》が気づいて、上《あ》がり框《かまち》まで出てきた。

「やあやあ棟梁《とうりよう》、わざわざすまないね。昨日は使いで失礼しました。さ、どうぞお上がりになって。おおい、棟梁の足を拭《ふ》いておくれ」

応じた小女《こおんな》が、水を入れた盥《たらい》を抱えてきた。

権八は恐縮して足を清めてもらい、番頭に誘われるまま座敷に上がった。

案内されたのは、家の裏向きにある八畳の部屋だ。一番奥の角部屋で、くの字に曲がった廊下の先には、蔵がある。

広い家の途中で七右衛門の部屋の前を通るかと思ったが、確か以前使っていた部屋は障子が開けられ、中に姿はなかった。

権八の気持ちを察してか、富介が三十路《みそじ》の顔に苦笑いを浮かべた。

「旦那様のことかい」

権八がうなずく。

「そのことです。宗吉さんから聞きました。あまりかんばしくないそうで」

「そうなんだ。困ったことになったよ」

「仕事の話を聞く前に、お見舞いできませんか」

「ああ、いいとも。旦那様もお喜びになる。こっちだよ」

案内されたのは、渡り廊下の先にある離れだった。大川《おおかわ》を眺《なが》められる離れは、七右衛門が趣味にしている囲碁《いご》をするためだけに建てられたもの。ここに囲碁仲間を呼び、長い時は朝まで楽しんでいたことを、権八は覚えている。

好きなことをしていた場所で寝ているのだと思いつつ、離れに渡って部屋に入ると、七右衛門は一人でいた。

「旦那、あっしです、権八です」

声をかけると、布団に寝たまま大川を見ていた七右衛門が顔を向け、微笑《ほほえ》んだ。

「権八さん、来てくれたのか」

病にやつれた顔に、権八は胸が痛んだ。顔に出しては失礼だと思い、そばに正座し、無理をして笑みを浮かべる。

「とんだご無沙汰をいたしました。話を聞いて、そりゃ驚いたのなんの。二十も若い後添えをもらったと風の噂で聞いて、旦那らしいや、元気そのものだと思っておりやしたのに、いったいぜんたい、どうしちまったんですよう」

言っているうちに胸が詰まり、声も詰まった。

「泣く奴があるかよ、権八さん」

「すいやせん。旦那が寝ていなさるなんて似合いませんや。早く元気になって、また誘ってくださいよ。あの豪快な飲みっぷりを、見せて……」

また声を詰まらせる権八。

七右衛門は優しい顔で腕をつかみ、力を込めた。

「わたしは病なんかに負けないよ。きっとよくなってみせるから、もう泣くな」

「はい、すいやせん」

半纏《はんてん》の袖《そで》で涙を拭《ぬぐ》う権八に、七右衛門は言う。

「このたびは、倅《せがれ》のことで世話になるが、よろしく頼むよ」

権八は顔を上げた。

「仕事というのは、若旦那のことでしたか」

「なんだ、聞いていないのか」

「真っ先にあいさつに来させてもらったもので、話は今からうかがうところです」

「そうか。まあ、奇妙なことと思うだろうが、よろしく頼む。女房のお釆《さい》も、わたしがこんなことになったものだから、ああいうことをするしかないと思ったのだろう。どうか、力になってやっておくれ」

ああいうことの中身が見当もつかない権八であったが、息苦しそうに話す七右衛門を心配して、詳しいことを教えてくれとは言わずに、力になると約束した。

「棟梁、そろそろ」

富介に応じた権八は、七右衛門にまた来ますと言って、母屋《おもや》に戻った。

先ほどの角部屋に行くと、若い女が正座して待っていた。色白で、少しばかり気の強そうな女は、権八が離れのほうから来たことに驚き、富介に、どういうことか、という顔を向けた。

権八がこの女と会うのは初めてだが、奉公人とは違う上質の絽織《ろおり》の着物と、艶《つや》がいい黒の櫛《くし》も値が張る物だと見て、後添えだと察した。

毎日のようにお琴の店に行き、お琴が身に着けている物を見ている権八の目は、自然と肥《こ》えている。

「おかみさんですか」

権八がそう訊くと、女は権八を見て、目を伏せ気味にうなずいた。

七右衛門より二十も下ということは、齢二十五。

落ち着いて品があるせいか、もっと年上に見えるお栞の貫禄《かんろく》に、権八は正座して改まった。

「あっしが無理を言って、お見舞いをさせてもらったんです。改めまして、大工の権八でございます。このたびはご指名をいただきまして、ありがとうございやす」

両手をついて頭を下げる権八に、お栞は微笑んだ。

「夫から、大工仕事を頼むなら権八さんだと教えられました。よろしく頼みますね」

「へい」

頭を下げたままの権八に、お栄は神妙な顔をして言う。

「お願いしたいのは、この部屋をまるごと、座敷牢《ざしきろう》にすることです」

突拍子《とっぴょうし》もない言葉を聞かされ、権八はすぐには理解できなかった。

「へ？」

きょとんとした顔を上げると、お栄は大真面目な顔で立ち上がり、部屋の四方を示す。

「牢屋というものがどうなっているのか知りませんが、ここから一歩も出られないようにしてください」

権八は部屋を見回した。

「ここを牢屋に……。へぇ、盗《ぬす》っ人《と》でもとっ捕まえるおつもりで」

お栄は権八の前に正座し、首を横に振る。

権八は訊かずにはいられない。

「それじゃ、いったい誰を入れるので」

「真一《しんいち》さんです」

権八は目を見張った。

「こりゃ驚いた。どうしてまた、若旦那を」

「夫が病だというのに家に寄りつかず、どうしようもない人になってしまったからです」

「若旦那は、十六でしょう。あっしが知っている若旦那は、おとなしくて聡明《そうめい》な坊ちゃんでした。どうしようもないって、どういうことです。いってぇ、何があったので」

お采はため息をつき、物悲しげな顔をした。

「わたしのせい」

「ええ？」

お采は、答えを待つ権八の顔をちらと見て、目を伏せて言う。

「三年前、わたしが後添えとしてこの家に入ってから、真一さんは人が変わってしまった。町の人は、そう噂をしています。無理もないことなのです。現に真一さんは家の者と話さなくなり、今では、通っていた筆学所《ひつがくじょ》も行かず、評判のよくない絵師の家に入り浸《びた》っていますから」

黙っていた番頭の富介が、お栄をかばった。

「町の人はそう決めつけていますが、おかみさんは悪くない。若旦那は、境遇のせいにして甘えてらっしゃるだけです。旦那様もそうおっしゃっていました。病だとご存じのはずなのに、悪い連中とつるんで、心配ばかりおかけして」

お栄が権八に、懇願する面持《おもも》ちで言う。

「悪さをして世間様にご迷惑をかける前に、この部屋に閉じ込めて、性根をたたきなおすって、夫に約束したのです。どうか、力になってください」

「そういうことか。でも、閉じ込めるってなぁ」

そこまでしなくても、と思う権八は、受けるか悩み、また部屋を見回した。

するとお栄が、暗い顔で言う。

「閉じ込める理由は、もうひとつあります。真一さんが寝泊まりしている絵師の家を調べましたら、どこの馬の骨ともわからぬ若い女がいたのです。絵師は売れなくて貧乏だから、若い女を使って真一さんを引きとめ、日々の暮らしにかかる金銭を出させているのです。このあいだも、やっと帰ってきたかと思うとそうではなく、夫の顔を少し見ただけで行ってしまったのですが、店のお金が、五十両ほどなくなっていました」

「そいつは大金だ。絵師に渡したのかい」

「そうに決まっています。あれから絵師は、羽振りがよくなったって評判ですから」

権八は天井を見て考え、並んで答えを待つお栞と富介に顔を向けた。

「よしわかった。病の七右衛門さんの心配を取り除けるなら、ひと肌脱ごう」

お栞と富介は安堵の笑みを浮かべ、揃って頭を下げた。

三

玉井屋に通いはじめて五日が過ぎた。

やるとなったら、けちな仕事はしない権八は、格子《こうし》に使う杉にきっちり鉋《かんな》をかけ、牢屋にするにはもったいないほど、表面が滑《なめ》らかな物に仕上げている。

権八に茶菓《さか》を持ってきた手代の宗吉が、鉋からすぅっと出る屑《くず》を拾って、空に向かって掲《かか》げ見て感心した。

「透《す》けて見えます。ここまで薄くできるものなのですね」

手を止めない権八が笑う。

「長年やってるからな。よし、これでできた」

削った材木を触り、出来栄《ば》えに満足していると、宗吉が茶菓をすすめてくれた。

縁側に腰かけて休んだ権八は、様子を見に来たお栄に立ち上がって会釈《えしゃく》をし、ちょうどよかったと声をかけた。

「思ったんですがね、厠《かわや》はどうしますか。中に作るのは、若旦那が可哀そうですが」

お栄はそこまで考えていなかったようだ。それもそうだという顔で部屋の中を見て、権八に言う。

「棟梁におまかせしますから、不便のないようにしてください」

「それじゃ、こんなのはどうでしょう。廊下に格子を延ばして、庭に簡易な厠を作れば、いちいち出してくれと言わなくてすみますから、若旦那も楽でしょう」

「そうね。ではそうしてください。手間が増えたぶんのお代は払いますから、言ってくださいね」

「へい。では、そうしやす」

権八は茶を飲み、仕事に戻った。

権八が覚えている真一は、まだ子供だった。その時の姿を思い浮かべながら、まさか座敷牢を作ることになろうとは驚きだと考え、格子を立てていく。

翌朝、早めに家を出た権八は、追加の材料を注文しに本材木町《ほんざいもくちょう》に行った。贔屓にしている吉畠屋《よしはたや》に、今日中に運んでくれと無理を言って店から出た時、眠そうな顔で目の前を通り過ぎた若者に目がとまった。

一人で歩いている若者の横顔に、真一の面影《おもかげ》を見た権八は、考える前に足が動いた。

背後から近づき、追い越して振り向いて見ると、目が合った若者は、あからさまに迷惑そうな顔をしたが、またあくびをした。

権八は、確信して立ち止まる。

あくびを終えた若者が、目の前で腕組みをする権八に、不快の色を浮かべた。

「何」

顔をしかめて訊く若者に、権八はずいと身を寄せる。

「お前さん、玉井屋の真一さんだね」

若者は、一瞬目を泳がせた。

「人違いだ」

そう言って横にずれて行こうとするが、権八が前を塞《ふさ》ぐ。

「おれだ、大工の権八だ。忘れたのかい」

「なんだよ」

また迷惑そうな顔で言う若者だったが、目を見開いた。

「あっ、竹とんぼのおじちゃん」

権八は嬉しくなって、眉尻《まゆじり》を下げた。

「そういや、竹とんぼ作ったたな」

真一は笑った。

「そこは忘れてんのかよ」

「久しぶりだな、大きくなって」

「何年前の話だよ。じゃあな」

軽くあしらって行こうとする真一。

権八は前を空けない。

「待った」

今座敷牢を作りに通っていることを言おうとしたが、真一が面倒くさそうな顔をするのを見て、思いとどまった。

「家はこっちじゃないだろう」

「いいんだよ」

「いいわきゃない。おとっつぁんを心配させたらだめだ。今なら間に合うから、家に帰ってあげなよ」

真一は驚いた。

「間に合うってなんだ。おとっつぁんが死にそうなのか」

「い、いやぁ、そういうことじゃない」

「だったらなんだ」

「とにかく帰りなよ。そうだ、今から玉井屋に行くから、一緒に帰ろう。一緒に
あやまってやるから、親に頭を下げな」

するとと真一は離れ、不機嫌さを顔に出す。

「あやまるってなんだよ」

「そりゃおめぇ、これまで遊んだことさ」

「あやまってたまるものか。何も知らないくせに、よその家のことに口出しする
んじゃねえ!」

悪い口で言われて、権八は驚いたが、にこりとする。

「まあそう言わずに」

「うるせえ！」

真一が叫び、背を向けた。

「おい待ちな！」

走って行ってしまった真一に、権八は舌打ちをする。

「ったく、行っちまいやがった」

優しい子だった真一が、人が違ったようになっていることに驚いた権八は、とんだどら息子だと独りごち、七右衛門のことが気の毒になった。

「こうなったら、一日も早く仕事を終えないといけねぇな」

善は急げと自分に言い聞かせ、玉井屋に走った。


朝の仕事を終えたところで、厠の材料が届けられた。

昼からは厠を作りはじめ、柱を立てたところで宗吉が来た。

「権八さん、休んでください」

「おう、もうそんなに時が経《た》ったか」

急がねばと夢中になっているうちに、一刻（約二時間）が過ぎていた。

毎日同じ時間に茶菓を持ってくる宗吉が、形になっている厠の建物を見て感心した。

「さすがは棟梁、仕事が早いですね。それでいて、丁寧《ていねい》な作りだ」

一人でどうやって柱を立てたのかと首をひねる宗吉に、権八は、どうってことはないと言いつつも、気分をよくして鼻の穴を膨《ふく》らませる。

そして茶を飲みながら、気になっていたことを話した。

「そういえば、今朝若旦那に会ったぜ」

宗吉が駆け寄った。

「どんなご様子でした」

「大あくびをして町を歩いていたな。どこかからの帰りのようだったが、見る限り朝まで遊んでいたってふうだな。まさかとは思うが、これをやっているのかい」

さいころを振る真似《まね》をしてみせると、宗吉は首を横に振る。

「聞いたことはありませんが、心配です」

「そうか。博打《ばくち》なら、後戻りできなくなる前に改心させなきゃな。仕事を急ぐが、その前に教えてくれ。座敷牢へ、どうやって入れる気だ」

「わたしたち奉公人がお迎えに行くことになっています」

「するとあれか、みんなで無理やり連れ戻すのか」

「番頭さんは、腕《うで》っ節《ぷし》の強い人を雇うとおっしゃっています」

今朝の真一の様子で、宗吉たちの手に負えそうにないと思っていた権八は、納得した。

「となりゃぁ、ますます急がなきゃな。ごちそうさん」

まんじゅうを口に放り込んだ権八は、厠の屋根を作りはじめた。

仕事は順調に進み、翌日の夕方には、厠が形となった。

簡易だが、そこは権八だ。きっちり仕上げ、使う真一のために厠に入って戸を閉め、自分がするつもりで座ってみた。

左右前後を見回し、窮屈《きゅうくつ》じゃないか確かめていると、頭上の格子窓の外から男女の話し声が聞こえてきた。

「おや、棟梁の姿がないね」

男の声は、番頭の富介だ。

「夕方だから、もう帰ったんでしょう。それより、七右衛門が死んだあとどうするのよ」

女の声はお朶のものだった。

権八は出るに出られなくなり、息を殺して耳を澄《す》ましている。

座敷牢の前の廊下で立ち止まっている二人は、七右衛門が死んでしまったあとのことを今から決めている様子だ。富介は声音《こわね》を低くしたため、厠にいる権八には、何を言っているのかよく聞こえない。

だが、お朶は気分が高揚《こうよう》しているのか、時々、

「それでどうするの、わたしはどうすればいいの」

などとまくし立てる声が聞こえた権八は、次に聞こえたお朶の言葉に、眉根《まゆね》を寄せずにはいられない。

「座敷牢はもうすぐできるから、そこからが勝負だ」

富介がそう返答して、二人は店に戻っていった。

厠から出た権八は、中にいたことを知られてはいけないと思い、荷物はそのままにして、こっそり裏口から帰った。

四

お琴に夕餉《ゆうげ》に招かれ、権八は三島屋《みしまや》に行った。

「おかみさんがこしらえた茄子の胡麻油《ごまあぶら》炒《いた》め、ぴりっと唐辛子《とうがらし》が利いていて、暑い日の食欲をそそりますね。うん、おいしい」

茄子を大盛りのご飯に載せておいしそうに食べていたおよねが、箸を止めた。

「ちょいとお前さん、さっきから一言もしゃべらないけど、どうしたんだい」

「なんでもねぇよ」

茄子を口に入れた権八は、驚いて目を見張る。

「こいつはうめぇや。お琴ちゃんの味だ。なあそうだろう」

およねが呆《あき》れ顔《がお》をして、お琴に言う。

「言ったとおりでしょう。近頃変なんですよ」

「変て何が。おれはまともだぜ」

権八が言ったが、およねは心配そうだ。

「お前さん、何悩んでるのさ。言ってみな」

およねとお琴に見られて、権八は箸と茶碗を置いた。

「玉井屋の七右衛門さんを覚えてるか」

およねがうなずく。

「覚えてるともさ。今通ってるのは、玉井屋さんなのかい」

「うん」

権八は、玉井屋で座敷牢を作っていることと、そのわけを話して聞かせた。

およねは、七右衛門が気の毒だと言い、真一のことを心配した。

「継母《ままはは》とうまくいってないんだよ。年頃だし、家に帰りたくない気持ち、わからなくもないよ。ねえ、おかみさん」

お琴は神妙な面持ちでうなずき、権八に言う。

「だからといって、座敷牢に閉じ込めるのは、やりすぎじゃないかしら。そんなことしたら、余計に仲が悪くなりそう。およねさんが言うように、親に反抗する年頃でしょうし」

「それだけですめばいいんだが」

権八は、厠で聞いたことを教えた。

「そういうわけで、どうも、番頭とおかみの様子が変なんだ。何か裏がありそうで気になってしょうがねぇ。左近の旦那がいてくださったらいいのに、いつ来られるかね。ちょいと隣に行って、小五郎《こごろう》さんに訊いてみよう」

立とうとした権八を、およねが止めた。

「お隣は留守だよ。お城のことでお忙しい証《あかし》だから、無駄だよ。それよりお前さん、今話したことがほんとうなら、左近様が出るまでもないよ。こんなの、町方が調べればすむことだろう。名主《なぬし》さんか、同心《どうしん》の旦那に相談してみたらどうだい。八丁堀《はっちょうぼり》に、なんとかというお知り合いがいただろう」

「磯方《いそかた》の旦那のことか」

「そうそう、磯方万介《まんすけ》」

「馬鹿。本人がいなくても呼び捨てにするな」

およねは首をすくめて笑った。

「いつだったか、小五郎さんの店で楽しい酒を飲んだと喜んでたじゃないか。あの人は頼れないのかい」

「何かあれば訪ねてこいとは言われているが、酒に酔ってのお言葉だからよう、覚えてらっしゃるかどうか」

「覚えてなくても、相談してみたらどうだい」

権八が考えていると、お琴が言う。

「およねさんの言うとおりよ。こういうことは、早いほうがいいと思う」

権八は二人を交互に見て、うなずいた。

「よしわかった、明日の朝行ってみよう。早く出るから、先に帰って寝るぜ」

ご飯をかき込み、ごちそうさん、と手を合わせて長屋に帰った。

翌朝、まだ薄暗いうちに出かけた権八は、八丁堀に急いだ。磯方が宿直《とのい》で留守ならば、南町奉行所《みなみまちぶぎようしよ》に行くつもりなのだ。

町方同心の組屋敷が並ぶ路地に入り、前に教えてもらっていた道筋を行く。途中で合っているか不安になり、表の掃《は》き掃除をしていた小者に道を尋ねた。

「すぐそこの角を曲がって、最初のお宅がそうだよ」

快《こころよ》く教えてくれた小者に礼を言い、急いで行く。

木戸門は閉められていた。

門をたたき、名を告げて訪《おとな》い、待っていると、程なく小者が出てきた。磯方の在宅を確かめ、相談したいことがあると言って取り次いでもらうと、磯方は権八の名を覚えていたらしく、すぐに入れてくれた。

小者の案内で庭に回った権八は、座敷にいる磯方を見つけて駆け寄り、濡《ぬ》れ縁《えん》のそばで頭を下げた。

「旦那、朝っぱらから押しかけて、すいやせん」

のんびりとした気性がそのまま顔に出ている磯方は、くつろいだ様子で迎えてくれた。

「やあ、棟梁。覚えていてくれたのだな」

「へい、そりゃもう。その節は、楽しい酒をありがとうございました」

「それはこっちが言うことだ。また行こう行こうと思いながら、三月《みつき》が過ぎてしまった」

「お忙しいところに邪魔しちまいました」

「そうじゃないんだ。思わぬ縁談が舞い込んで、ばたばたしていた。三十三にもなって恥ずかしいが、嫁をもらうことにした」

「恥ずかしいだなんてそんな。まだまだお若いじゃないですか。めでたいことです。いつ祝言《しゅうげん》をなされますので」

「来年の春だ。そういうわけで足を向けられなかったが、小五郎さんとか、、、かえでさんは元気かい」

「ええ、元気です。今はちょっと、、、野暮用とかで留守にしていますがね」

「そうか、それは残念」

「…………」

権八が相談を切り出す機会をうかがっていると、磯方が察した。

「すまんすまん、相談があるのだったな。まあ座ってくれ」

「すいやせん」

権八は濡れ縁に一歩寄り、立ったまま玉井屋のことを告げた。

左近にくらべると、ずいぶん頼りない磯方だが、権八の話を真剣に聞いてくれた。

これまでの経緯《いきさつ》から話した権八は、厠で耳にして心配していたことをぶつけてみることにした。

「息子の真一さんを座敷牢に入れるのは、性根をたたきなおすことと信じて仕事をしていたんですが、どうも、継母が廃嫡《はいちゃく》を狙っているのではないかと思えてならねぇんです」

磯方は、のんびりとした面持ちを一変させ、不安そうに言う。

「まさか、殺す相談でもしていたのか」

「いえ、それは聞いていません。ただ、七右衛門さんが亡くなったあと、財をどうするか、というところまでは耳にしました」

「財をどうすると言ったのだ」

「その肝心《かんじん》なところが聞こえなかったもんで。でも、すべてわたしの思うままにする、と言ったおかみの声が聞こえましたんで、よい相談とは思えなかったんです」

磯方は腕組みをして考え、表情はのんびりとしたものに戻った。

「話を聞いた限りでは、継母と息子の仲が悪いようだな。だが、廃嫡を狙うなら、あるじをそそのかして勘当させればすむことだ。家に帰らない息子をとっ捕まえて座敷牢に入れようとしているなら、本気で性根をたたきなおそうとしているのではないか」

「だといいんですが」

「前どこだったか、遊びほうけていた大店《おおだな》の息子が、堪忍袋《かんにんぶくろ》の緒《お》が切れた父親によって、長いあいだ蔵に閉じ込められたという話があった。よくあることだとは言わないが、おれは、棟梁の考えすぎだと思う」

権八は、安堵した。

「旦那に相談してよかった。胸のつかえが取れました」

「でもまあ、罪を犯《おか》したわけでもないのに座敷牢とはたいそうなことだから、今日にでも訪ねて、家の者に釘を刺してやろう。いや待てよ、それでは棟梁の仕事がだめになるな」

「あっしのことはいいんです。厠で話を聞いて心配になっていましたんで、途中でやめても構いません」

「そうか。では、かかりの同輩に話して、共に行こう」

「よろしく頼みます」

権八は、そのほうがいいと思い、磯方に頭を下げて組屋敷を出た。

その足で玉井屋に行き、仕事をしていると、昼前になって手代の宗吉が来た。冷ました茶を入れた鉄瓶《てつびん》を持った宗吉が、店のほうをちらちらと振り返りながら廊下を歩き、格子戸を取りつけていた権八のところに来て言う。

「今、町方の旦那が二人来られました。座敷牢のことで、番頭さんとおかみさんと話されています。どこから知られたのでしょうか」

権八は自分だと言おうとしたが、宗吉が続ける。

「おかみさんが、どこで聞いたか訊かれましたが、旦那方はおっしゃいません。このままだと、わたしたちが疑われます」

権八はいぶかしむ。

「しゃべったら怒られるのかい」

「町方の旦那がいらっしゃったとなると、若旦那の耳に入るのではないかと心配されたおかみさんが、お怒りになるでしょう。疑われるのはごめんです。まさか、棟梁じゃないですよね」

「そのまさかだ。おれが旦那に相談した」

「ええ！」

宗吉が驚き、声を潜《ひそ》める。

「だめですよ。ばれたら叱《しか》られますって」

「おれは若旦那のことが心配になっただけだ。悪いこととは思っちゃいないぜ」

「聞かなかったことにしますから、棟梁も言わないほうがいいです。番頭さんは、はっきり言ってけちですから、ことを荒立てただとかなんとか言いがかりをつけて、代金を払わないと言いかねませんよ」

「座敷牢を作るのをやめるなら、代金のことはいいんだ。おれがやめたほうがいいと思ってしたことだからな」

宗吉は首を横に振る。

「それはありません。旦那様とおかみさんが、若旦那のことを思って決められたことですから」

「そうか、やめねぇか」

「仕上げて代金をもらえないんじゃ、棟梁も困るでしょう。わたしは言いませんから、棟梁も言っちゃだめですよ」

権八は笑った。

「優しいな、お前さんは。疑われたら言ってくれ。悪いのはおれなんだから」

宗吉は、どうなったか見てくると言い、鉄瓶を置いて店に戻った。

仕事をしていると、程なく宗吉が戻ってきた。

「どうやら、穏便《おんびん》に終わったようです」

磯方と同輩の同心は、あまり厳しくするなとお栄に釘を刺し、帰っていったという。

奉行所の知るところとなり、座敷牢を壊せと言うかと思った権八だったが、夕方になっても、お栄から指示はなかった。

そして翌日、権八がいつものように出かけようとしていると、開けたままにしている表の戸口に、磯方が来た。

「権八はいるかい」

朝餉の片づけをしていたおよねが、墨染《すみぞめ》の紋付《もんつき》を羽織《はお》った同心を見てぺこりと頭を下げ、座敷に向く。

この時にはもう、権八は上がり框のところまで出ていた。

「旦那、こんなむさ苦しいところへわざわざどうされました。まさか、昨日のことですかい」

「そのまさかだ。権八、玉井屋のことは深く関わらず、黙って頼まれた仕事を終えろ」

およねが言う。

「旦那、立ち話もなんですので、お上がりくださいな」

「いや、もう帰るから」

磯方は笑みを浮かべて言い、権八には、真面目な顔を向けた。

「いいな権八」

「旦那、何があったので」

「あれから奉行所に戻って宿直をしたんだが、夜になって上役に呼ばれてな、玉井屋には口出し無用と、こっぴどく叱られたのだ。まあそういうことだから、よろしく頼むぞ」

磯方は言うことだけ言い、権八が止めても聞かずに帰ってしまった。

戸口で見送ったおよねが、戸を閉めて権八に言う。

「もう関わりたくないって様子だね。よっぽど叱られたんだよ。お前さん、どうするんだい。大丈夫なのかい、玉井屋さんに関わって」

「なあに、おそらく苦情が来たんだろう。座敷牢は今日にも仕上がるから、それでしまいだ。行ってくるぜ」

およねを心配させまいと、軽く言って出かけた権八は、誰が言ったか騒ぎになっていれば名乗り出るつもりで、玉井屋へ急いだ。

ところが玉井屋は、いつもと変わらず静かなものだった。

宗吉がいたので声をかけて呼び、疑われていないか訊くと、宗吉は笑ってうなずいた。

「心配ご無用ですよ。おかみさんも番頭さんも、いつもと変わらない様子です」

「そうかい」

「早いとこ仕事を終えて、代金をもらったほうがいいですよ」

「それなら心配ない。今日は仕上げだ。もうすぐ終わる」

「よかった。でも、自分から言っちゃだめですよ。代金をもらえなくなりますから」

宗吉は笑顔で言い、仕事に戻った。

権八は唇《くちびる》を舐《な》め、宗吉の言うとおりだと思い仕事をはじめた。

建てつけの具合を調整し、細かいところの直しをして回ったあとで、掃除をした。

昼前にはすべて終わり、もう一度隅々まで確かめたあとで、店にいる番頭の富介に声をかけ、仕上がったことを告げた。

「できましたか。待っていましたよ」

帳場にいた富介がそう言って、確かめに来た。

まるごと座敷牢にした部屋と、廊下を分断することになるが、部屋から直接行ける厠の具合を見た富介は、感心した。

「あとで壊すのがもったいないほどの出来栄えですね。旦那様がご指名されただけのことはあります。おかみさんを呼んできますから、ここで待っていてください」

「へい」

言われるまま縁側に腰かけていると、程なくお栞が来た。

座敷牢を確かめることはせず、小女が持ってきた膳《ぜん》を受け取ると、権八の横に置いた。

「棟梁、ご苦労様でした。さあどうぞ。お好きだと、夫から聞いていますのよ」

酒の杯《さかずき》を差し出され、権八は恐縮した。

「こりゃどうも。昼間っから申しわけない」

「よい仕事をしてくださったんですから、いいじゃありませんか。ささ」

酌《しゃく》を受けた権八は、喉《のど》の渇きにまかせて、一息に飲み干した。

「いい飲みっぷりですこと。さ、もう一杯」

酒が入った権八は、気になっていたことを訊かずにはいられなくなった。

「そういやおかみさん、昨日八丁堀の旦那が来なすったようだが、座敷牢のことですかい」

お朵は表情を曇らせ、すぐに微笑んだ。

「そうなんですよ。座敷牢は、やりすぎだろうっておっしゃって」

「それで、どうなったんです」

「あとで夫に話したら、すぐ与力《よりき》の旦那を呼べ、って怒りましてね。言われたとおりにお呼びしたら、せっかく息子の性根をたたきなおそうとしているのに、邪魔するな、って文句を言ったんです」

お朵は七右衛門の口調を真似て言い、笑った。

「そうかい、七右衛門さんがねぇ」

納得する権八に、お栄は疑う目を向け、

「わたしが座敷牢に真一さんを閉じ込めていじめようとしているって、いったい誰が、磯方の旦那に吹き込んだんでしょうねぇ」

そう言い、ため息をつく。

権八は、宗吉の忠告を守り、口が裂けても自分だとは言わず、微笑んで言う。

「さあ。でもまあ、座敷牢はできあがった。これで真一さんが改心して、商売に目を向けると、すべて丸く収まるってわけだ」

お栄は涙ぐんだ。

「あの子のことをほんとうに心配しているのに、世間様からは、まるでわたしのせいだと冷たい目で見られるから辛《つら》い。旦那様は病だし、寂しい」

女の涙に弱い権八は、立ち上がった。

「よし、今からおれが、真一さんを連れて帰りやすよ。座敷牢ができたことが広まるといけないから、こういうのは、早いほうがいいでしょう」

お栄は目尻を拭い、ごめんなさい、とあやまった。

「つい弱音を吐いてしまいました。でも、大丈夫。真一さんは明日、見舞いに来ることになっているんです。帰ってきたらみんなで囲って、ここに入ってもらいます。ですから、もう心配なさらずに」

酒をすすめられ、権八は腰かけた。

苦い酒を飲んだ権八は、帰り際に、七右衛門の顔を見に行った。

「真一さんは、根は優しい子だ。必ず改心すると信じていますぜ」

目を開けた七右衛門は、権八を見て言う。

「世話になったな、権八さん」

「こちらこそ、ありがとうございやした」

もらった代金の袋を見せると、七右衛門は微笑んでうなずいた。

その顔に安堵した権八は、時々顔を出すと言い、家に帰った。

今日は休みだったおよねが迎えてくれた。

権八が、終わったと言って代金の袋を渡すと、およねが上機嫌で言う。

「心配していたことが終わってよかったねぇ。ありがたいことです」

代金の袋を押しいただくようにしたおよねは、神棚《かみだな》に上げて、手を合わせて礼を言った。

共に手を合わせた権八は、縁側に行って仰向《あおむ》けになった。仕事を終えた安堵と、酔いの心地よさにあくびが出て、目を閉じた。

横になって早々にいびきをかきはじめた権八に、およねは羽織《はおり》をかけてやり、夕餉の支度をはじめた。

五

後日、仕事から帰った権八は、京橋《きょうばし》の商家の者と建て増しの打ち合わせを終え、気分よく夕餉をとっていた。

玉井屋の仕事を終えて二十日が過ぎていたこともあり、真一がその後どうなったか気にはしていたものの、日々忙しくしていたこともあり、記憶が薄れつつあった。

今気になるのは、左近のことだ。蓮根《れんこん》の煮物を取ってまじまじと見つめ、およねに顔を向けた。

「左近の旦那は、いつになったら来なさるんだろうな。お琴ちゃんは、今日も一人で食べているのか」

「おかみさんは、商家の人たちの寄り合いに行ってるよ。遅くなるんだってさ」

「ふぅん、近頃多いな。ほんとうに寄り合いなのか」

およねが箸を止めて、不思議そうな顔を向けてきた。

「なんだって言うのさ」

「いやな、あんまり左近の旦那が来ないものだから、心配になったわけだ」

「だから、何が」

「何がっておめぇ、あれだ、お琴ちゃんは寂しいだろうから、いい男に誘われてだな、つい魔が差すってことも」

思い切り頭をたたかれ、目から星が出た権八。

「痛っ！　何しゃぁがるんだ」

「何も知らないくせに、げすの勘ぐりをするからだよ。おかみさんはね、表通りを盛り上げるにはどうしたらいいか、商家の旦那方と話し合ってるの。浮気なんてするもんかい」

「でもよ、待つってぇのは、辛いぜ」

「まだ言うのかい」

右手を上げられて、権八はすみません、と言って首をすくめた。

表の戸をたたく音がしたので、およねが返事をすると、

「卯平《うへい》だ、権八はいるかい」

だみ声は、大工仲間だ。

「お前さん」

「おう、卯平、ちょうどいいところに来た。うちの若いもんが手一杯だからよ、仕事の手伝いを頼みに行こうと思っていたところだ」

卯平はおよねに招かれて土間に入り、上がり框に腰かけて言う。

「そいつはありがたいね。暇《ひま》だからよ、何かおこぼれがないか訊きに来たんだ」

「いいのがあるから、上がりな。一杯やりながら話そうじゃないか」

卯平は足の砂埃《すなぼこり》を払って上がり、権八の前に正座した。

京橋の商家の建て増しを手伝ってくれと頼むと、卯平は二つ返事で引き受けてくれた。

およねが酒を運んできて、酌をしてやると、卯平は一口飲んで嬉しそうな顔をして、急に思い出したように、真顔になった。

「そういや権八、お前さん、蔵前の玉井屋には行かなくていいのかい」

座敷牢のことを言われると思った権八は、身構えた。

「おめぇ、どうしてそのことを知ってる」

先回りして訊くと、卯平は納得したような顔をした。

「なんだ、やっぱり知ってたのか。それじゃ、あいさつだけで帰ってきたのかい」

「あいさつ？　なんの」

「ええ？」

「だから、なんのあいさつだ」

「なんのって、七右衛門さんのことに決まってるだろう。まだ若いのに、惜しい人を亡くしたな」

権八は思わず立ち上がった。

「亡くなったのか」

卯平は驚いた。

「知らなかったのかい？」

「今知った。いつ亡くなられた」

「二日前さ。確か坊様の都合とかで、今日が通夜だったとさっき思い出したから、訊いたんだ」

「こうしちゃいられねえや。およね、着替えだ」

「あいよ」

およねが出してくれたよそ行きの小袖《こそで》に着替えた権八は、卯平に飲んでいってくれと言い、家から飛び出した。

戸口でおよねが言う。

「お前さん、辻斬《つじぎ》りが出るそうだから、帰りは駕籠《かご》を使うんだよ」

「おう！」

返事をした権八は、路地から出た。

「おれとしたことが、とんだ後《おく》れを取っちまった。なんで教えてくれねぇかな」

店の者は薄情だと独り言を言いながら、日暮れ時の町を蔵前に急いだ。

玉井屋の表には対《つい》のちょうちんが灯《とも》され、弔問客《ちょうもんきゃく》が集まっていた。

権八は、手代の宗吉を見つけて駆け寄り、腕を引いた。

振り向いた宗吉が、目に涙を溜《た》めて頭を下げる。権八も胸が詰まり、涙声で言う。

「さっき知ったものだから、遅れてしまった。元気になってくださると思っていたのに、残念だ」

宗吉は手の甲《こう》を口に当てて嗚咽《おえつ》をこらえ、

「息を引き取られるまで、まだ生きたいとおっしゃっていたのですが、だめでした」

言い終えると、辛そうに上を向き、目を閉じた。

「拝《おが》ませてもらうぜ」

権八に応じた宗吉は、中に案内してくれた。

店の三和土《たたき》を奥に行き、中庭から座敷のほうへ行くと、集まった親戚たちが沈黙して座していた。

眠っている七右衛門のそばには、お栄がうな垂れて座っている。

その横に座る真一は、前に町で会った時より、少し痩《や》せたように見えた。

表情がない真一を見て、権八は心配になった。

宗吉に知らされたお栄がうなずいて立ち上がり、親戚の者たちに遠慮した様子で廊下に出てきた。

権八が頭を下げ、お悔《く》やみを言うと、お栄は縁側で正座して頭を下げた。そして顔を上げ、にこやかに言う。

「権八さんがいいのを作ってくださったおかげで、真一はすっかりおとなしくなり、若旦那らしくなりました。親戚の皆様も、真一に跡を継がせることを反対する人はいませんのよ。七右衛門は、真一が一人前になるまでは生きると頑張っていたんですが、近頃の様子を見て、安心したんだと思います」

嬉しさと悲しみが入り交《ま》じった複雑な面持ちで教えてくれたお栄に、権八はこらえられなくなり、はばかりなく声をあげて泣いた。

「いい顔をしていますから、見てやってください」

お栄に言われて、権八は座敷に上がった。

真一が神妙に頭を下げ、場を譲る。

げっそりしているのは、厳しくされているからか。

真一を見てそう思った権八は、お栄が言うように真面目になったのなら、七右衛門はさぞかし安心しただろうと思い、霊前で手を合わせた。

念仏を唱《とな》え、物言わぬ七右衛門に、世話になった礼を言った。そして、真一に顔を向ける。

「お栄さんがおっしゃるとおり、いい顔をしていなさるね。若旦那が帰ってきたことが嬉しかったんだな」

権八がそう言うと、真一はちらと目を合わせ、頭を下げた。

権八も頭を下げ、親戚たちにも頭を下げてその場を辞した。

宗吉の見送りを受けて帰っていると、後ろから走る音が近づいてきた。

振り向けば、真一だった。

焦《あせ》った様子の真一が、権八の腕をつかもうとしたが、追ってきた手代たちに引き戻された。

「放せ！」

「若旦那、さ、帰りましょう」

「うるさい放せ！」

真一は必死に抵抗し、見ている権八に言う。

「棟梁助けて。あの女は鬼だ、店を乗っ取る気だ。おれも殺される」

権八は驚いた。

「なんだって」

「とにかく殺されるんだ、助けて」

真一は抵抗むなしく、手代たちに動きを封じられ、連れていかれた。

「おいおいおい、待ちなよ！」

強引な店の者たちを止めようとした権八だが、目の前の路地の暗がりから現れた二人の男が、行く手を阻《はば》んだ。

男たちは、腕っ節が強そうだが、権八は引かない。

「なんだ、あんたらは。そこをどいてくれ」

男たちは腕ずくで権八を遠ざけようとしたが、番頭の富介が来て止め、困った顔で言う。

「棟梁、驚かせてすみませんね。若旦那は座敷牢に入れられて毎日厳しくされているから、おかみさんを逆恨《さかうら》みしてらっしゃるんです」

「そいつはほんとうかい。いじめてるんじゃないのかい」

富介は笑った。

「まあ、荒療治《あらりようじ》ですから、若旦那にしてみれば、そんな気になるのは無理もないことです。でもね棟梁、あの座敷牢のおかげで、うまくいっているんです。旦那様の初七日が過ぎれば、若旦那は晴れてあるじ。店に出て働くようになれば、おかみさんの厳しさをありがたく思われるようになるでしょう」

富介がそう言うと、二人の男たちは、人が変わったように穏やかな笑みを浮かべた。

権八は、富介に言う。

「そういうことなら、安心した。若旦那があまりに必死なもんだから、焦ったぜ」

「ご心配なく」

にこにこして言う富介に改めて頭を下げられた権八は、静かになった店先を見て、家路についた。

だが、浅草御門《あさくさごもん》を潜《くぐ》る前に、ふと立ち止まった。真一が訴えた時の顔が、頭から離れないのだ。

嘘《うそ》を言っているように思えなかった権八は、心配になってきた。

「どうしたものか」

腕組みをして独り言を言う権八は、どうしようか迷ったが、

「このままじゃ寝らんねぇや」

と言って、玉井屋に戻った。

集まった親戚たちや親しい者たちに通夜振舞《つやぶるまい》が出されていた玉井屋では、奉公人たちが忙しく働いていた。

店にも近所の者たちが残り、出された酒を飲みながら、故人を偲《しの》んでいる。

権八は、折敷《おしき》に置かれていた酒が入った湯呑《ゆの》みを取り、町の者たちに溶け込んだ。

互いによく顔を知る者たちなのだろうが、愛想《あいそ》笑いをする権八を怪《あや》しむ者はお

らず、話を続ける。

小声でされている話の中身は、お呆のことだった。

若い後家に興味津々《きょうみしんしん》の男たちは、いやらしいことばかり口にする。

聞くのがいやになった権八は、そそくさと離れようとしたのだが、

「どうも、怪しいなぁ」

と言う声が背後でして、ぎくりと振り向く。

だが、権八に興味を持っている者はいない。

何が怪しいのか気になり聞いていると、七右衛門の急な病のことだった。

噂の口火を切った町の男は、お呆が家に入って間もない頃に倒れたため、怪しいと言うのだ。

毒を盛られたんじゃないか、とその男が言うと、他の三人が笑った。

だが権八は、殺されると言った真一の顔が頭に浮かび、笑えない。

すると、笑った男たちが言う。

「おめぇは、人が死ぬといつもそっちに持っていくな」

「そうそう、そんな恐ろしいことがあるもんか。七右衛門さんは、若い女房に毎晩せがまれて、寿命が縮まったのよ」

怪しいと言った男は冗談だったらしく、それならうらやましいと言って笑った。

またいやらしい話に戻ったことで、権八は、若い女房をもらった七右衛門へ対するやっかみかと気分が悪くなり、その場を離れた。

店に残っている弔問客に紛《まぎ》れて向かったのは、裏庭だ。

厠に行く男たちと外に出て、途中で離れて庭を奥に進んだ。

連れ戻された真一は、座敷牢に入れられているに違いないと思い、殺されるとはどういうことか訊き、身に迫る話ならば助けてやろうと決めていた。

座敷牢に向かって歩いていると、明かりが灯されていた部屋の障子に人影が映った。

慌《あわ》てた権八はあたりを見回し、身の丈《たけ》ほどに成長していた金木犀《きんもくせい》の陰にしゃがんだ。

障子を開けて、誰かが廊下に出てきた。

枝葉のあいだから見ている権八の目には、袴《はかま》しか見えない。

親戚の者に、袴を着けている者がいただろうか。

下を向いて思い出そうとしている権八の耳に、男の声が届いた。

「これで、玉井屋の財は思いのままだな。長年ご苦労だった。落ち着いたら知らせをよこせ。楽しみに待っておるぞ」

「近いうちに必ず」

色っぽい口調は、お栄の声だった。

どういうことかと眉根を寄せる権八は、姿を見てやろうと思い、中腰になった。だが廊下が暗く、男の顔はよく見えない。お栄がこちらに顔を向けたため、権八は慌ててしゃがんだのだが、金木犀の硬い葉にかけられていた蜘蛛《くも》の巣が鼻をくすぐり、くしゃみが出そうになった。

鼻をつまんで耐える権八。その耳にお栄の声が届く。

「真一のことは、まかせてください」

「うむ、わしが言うとおりにすれば、間違いはなかろう」

男はそう言い、草履《ぞうり》を履いて庭に下りてきた。

権八は膝《ひざ》を抱えて身を縮め、息を殺した。

すぐそばを歩く足音が遠ざかり、お栄があとを追っていく。

権八が顔を出すと、裏口から帰る姿が見えた。戸口にかけられている明かりによって、男が着ている羽織の背中に染め抜かれた、向かい鳩《ばと》の家紋が映《は》える。

身なりは、そんじょそこらの武家とは思えぬ上等な物。

そう見て取った権八は、左近に家紋を教えれば、すぐわかるはずだと信じて、鼻の頭を人差し指で拭った。

真一を助けるため座敷牢に行ったが、真っ暗な中に人の気配はなかった。

「若旦那、真一さん、いたら返事してくれ」

小声で確かめたが、返事はない。

七右衛門のそばにいるのだと思った権八は、助けに行こうとしたが、なんの証もないと気づいて踏みとどまり、手荒な手代たちに見つからないうちに退散した。

浅草御門を潜り、江戸橋《えどばし》へ向かって町中を歩いていると、暗がりの路地から、つと人が出てきた。

覆面をしたその男は、権八に向かってくる。

「ひ、人殺し」

咄嗟《とっさ》に辻斬りだと思った権八は、そう言って下がった。

男が抜刀《ばっとう》する。

「だ、誰か助けてくれ！」

叫ぶ権八は、腰が抜けて尻餅《しりもち》をつき、顔を引きつらせた。

迫っていた男が急に立ち止まり、権八の背後を気にして苛立ちの声を吐き、きびすを返して走り去った。

何が起きたのかわからぬ権八は、とにかく命拾いしたと安堵し、大きな息を吐く。

「権八」

背後で急にした声に驚いた権八は、悲鳴をあげた。

「落ち着け。おれだ、左近だ」

聞き覚えのある声と名に振り向いた権八は、歩み寄る左近を見て嬉しくなり、顔をくしゃくしゃにした。

左近が片膝をつき、手を差し伸べる。

「大丈夫か」

権八はごくりと息と唾《つば》を同時に呑《の》み込み、手にしがみつく。

「よかった。旦那が来てくださらなかったら、今頃あの世行きでさ」

「怪我は」

「おかげさまで、かすり傷ひとつありやせん。それより旦那、こんな時分に、こんなところを出歩かれて、どうしなすったので。あ、まさか旦那、やっぱり他に、いい人ができたので?」

左近は笑った。

「こんな時に、よくそのようなことを思いつくな」

「だって旦那、もうずいぶん長く、お琴ちゃんのところに来なさらないから」

「小五郎から、お琴は寄り合いで忙しいと聞いているからな」

そう言う左近に、権八は疑いの目を向ける。

「酒を飲んでらっしゃいますね。どこで遊んできなすったんで?」

「新井白石のところで、親しい者と飲んでいた。それより権八、今の者に心当たりはあるか。赤鞘《あかざや》を帯に差していたが」

「きっと辻斬りですよ。家を出る時、かかあが言ってやしたから」

左近は、男が去った通りを見て、権八に顔を向けた。

「まことに、誰かに命を狙われる心当たりはないのだな」

「ござんせん」

と言った権八だったが、すぐに、ぴんと来た。

「まさか……」

「いかがした」

「いやぁ、まさか」

地べたであぐらをかき、腕組みをした権八の頭には、玉井屋で見た武家のことが浮かんだ。そして権八は、送ると言ってくれた左近と道を歩きながら、これまでのことを聞いてもらった。

「というわけでして、あっしを斬ろうとしたのは、玉井屋にいた侍かもしれやせん。隠れていたのに気づいていて、待ち伏せしていたかもしれやせん。いや、待てよ」

権八は、冷静になって先ほどのことを思い返し、左近に言う。

「やっぱり人違いだ。今の男の羽織は無紋《むもん》でした」

左近が問う。

「玉井屋では、羽織の家紋を見たのか」

権八はうなずく。

「この目でばっちり見やした。上等な身なりに、向かい鳩です。あれは、身分がある者ですぜ」

「向かい鳩……」

権八は、考える顔をする左近の答えを待ちかねて、ため息をついた。

「家紋はごまんとありやすから、わかりませんか」

「いや、そうではない。権八、玉井屋のことはおれにまかせて、もう関わるな」

「左近の旦那、怖い顔をなさってるところを見ると、やっぱり小者じゃねぇのですね」

「おれの思い違いでなければ、町方に手は出せぬ。ここからは小五郎に送らせる」

左近が言うと、どこからともなく小五郎が現れ、権八に寄り添った。

西ノ丸に戻るという左近と江戸橋の袂《たもと》で別れた権八は、小五郎に守られながら、およねが待つ家に帰った。

六

西ノ丸に戻った左近は、権八が言ったことを憂《うれ》えていた。

向かい鳩の家紋は、若年寄《わかどしより》、石橋壱岐守正興《いしばしいきのかみまさおき》のもの。家違いかもしれないが、権八が、身分がありそうな武家だったと言ったことと、刺客らしき者に襲われたからには、捨ておけぬ。

折よくそこへ、元大目付《おおめつけ》の又兵衛《またべえ》こと、篠田山城守政頼《しのだやましろのかみまさより》が来た。

「殿、今お戻りと聞き参じました。今日はずいぶん、ごゆっくりでしたな」

「ちと、親しくなった者と酒を飲んでいた。それよりも、気になることがある」

又兵衛は膝を進める。

「また何か、厄介ごとですか」

「そうと決まったわけではないが、そなたは、石橋壱岐守正興殿のことを知っておるか」

「むろん存じております」

「評判はどうだ」

「壱岐守殿は領地運営に優《すぐ》れ、民から慕《した》われる名君にございますぞ」

左近は安堵した。

「では、人違いだな」

「人違いとは、何ごとにございますか」

また何か、厄介ごとに首を突っ込んでいるに違いない。

そういう目を向ける又兵衛に、左近は権八から聞いたままに、玉井屋のことを教えた。

「なるほど、それは気になりますな」

そう言った又兵衛は、何かを思い出したように、険しい顔をした。

左近は見逃さない。

「その顔は、家紋に思い当たることがあるようだな」

又兵衛は考え、答えようか迷ったようだが、左近に促《うなが》されて口を開いた。

「壱岐守殿のことです。名君にも、頭痛の種《たね》がございます」

又兵衛が言うには、正興には、五千石ほど領地を与えて分家させている腹違いの弟、明次《あきつぐ》がいる。だが、この者の素行はすこぶる悪く、領地運営は国許《くにもと》の用人《ようにん》にまかせきりで、生まれ育った江戸にとどまり、遊び暮らしているという。

「ただし、今申し上げたのは八年前のことで、今はどうなっているか知りませぬ」

左近は、怪しいと思い気になった。そして、又兵衛に言う。

「すまぬが、その者のことを調べてくれ」

又兵衛は喜んで承諾した。

「すぐに調べにかかります。近侍《きんじ》四人衆を使いたいのですが」

「元々又兵衛の家来ではないか。遠慮はいらぬ」

「はは。では、これから集めて命じます。ごめん」

張り切る又兵衛は、三宅兵伍《みやけひょうご》、早乙女一蔵《さおとめいちぞう》、砂川穂積《すながわほづみ》、望月夢路《もちづきゆめじ》の四名を自室に集め、左近の憂いを聞かせた。

又兵衛に鍛えられ、隠密《おんみつ》として優れた四人は、左近の近侍四人衆として西ノ丸に入ってからというもの、これといった活躍の場もなく、どちらかというとくすぶっていた。そのため、若年寄のお家を調べるという役目に、表情を引き締め、目を生き生きとさせた。

翌朝、西ノ丸からくだることを告げに来た四人の表情を見た左近は、一人の若者の命がかかっていることを念押しし、送り出した。

期待に応《こた》えるべく懸命に、かつ慎重に動いた近侍四人衆のおかげで、その日のうちに、明次の今の状況が判明した。

戻った四人から聞いた話をまとめた又兵衛が、左近の居室を訪れたのは、暗くなってからのことだ。

間部と甲府藩の政について語り合っていた左近は、区切りをつけ、又兵衛と向き合った。

間部も同座する中、又兵衛が言う。

「弟の明次は、落ちぶれておりました。将軍家のお膝下《ひざもと》で乱行を重ねるのを見かねた正興殿が、三年前に領地を没収し、百俵の捨《す》て扶持《ぶち》を与えて藩邸を追い出したそうです。国許に行かせたそうですが、どういうわけか半年前に江戸へ呼び戻し、浅草の北、大川のほとりに屋敷を買い与えて住まわせていることがわかりました」

左近はうなずいた。

「暮らし向きはどんな様子だ」

「五千石の領主時代は、吉原《よしわら》通いを重ね、妾《めかけ》を五人置くなど派手な暮らしぶりだったそうですが、今は、ほとんど外に出ず、また家来も一人のみで、細々と暮らしている様子です」

左近は疑問に思うことをぶつけた。

「人が変わったように思えるが、国許で何があったのだろうな」

「申しわけございません。すぐに調べます」

「いや、それよりも、明次と玉井屋の繫《つな》がりを知りたい」

「そのことならば、砂川が調べております。商人に化けて浅草北の屋敷を訪ね、応対した家中の者に、扶持米の扱いをさせてくれと頼んで探りを入れましたところ、玉井屋にまかせていると、けんもほろろに追い返されたそうです」

得意顔をする又兵衛に、左近は微笑む。

「ご苦労だった。皆にもよろしく伝えてくれ」

「はは。お役に立てて、ようございました。と、言いたいところですが、これを知って、いかがなさいます。弟が玉井屋にいたなら、壱岐守殿に言えばすむことと存じますが、西ノ丸からくだられますか」

「今のところ、そのつもりはない」

左近が言うと、間部が話を切るように、藩政について意見を求めた。

又兵衛は邪魔をせぬよう気を遣《つか》い、頭を下げて部屋から出ていった。

目で追っていた間部が、藩政のことについて語った。だが、左近の表情を見て、話すのをやめた。

「玉井屋のことが気になりますか」

「すまぬ。川土手の改修は、早急に進めてくれ」

間部は、うかがうような顔をしていたが、左近の許しを得られ、安堵した様子となった。

「では、さっそく明日にでも、国許に知らせまする」

「うむ」

間部が書類をまとめて引き取り、左近の顔を見てきた。

左近が微笑む。

「いかがした」

「玉井屋のことです。何をお考えですか」

　左近は、気になっていることを教えた。

「又兵衛は先ほど、明次には五人の妾がいたと申したが、浅草北の屋敷で共に暮らしているとは言わなかった。三年前、国許に戻る時に別れたとしか思えぬが、権八から聞いた、玉井屋のあるじ七右衛門の後妻のことが気になる」

間部は即答する。

「玉井屋が以前から御用達《ごようたし》だったとすれば、国許へ戻る時に妾を託した。そうお考えですか」

左近はうなずく。

「権八は、残された息子の身を案じていた。玉井屋にいた武家が明次ならば、急がねばならぬかもしれぬ」

「小五郎殿に探らせることをお考えでしたら、今からそれがしが伝えにまいります」

そう言った間部が、溜まっている書類を差し出した。

お琴が忙しくしているあいだ、城の行事の合間に白石のところに行っていた左近は、間部に使いを託し、書類を手に取った。

間部は、書類に目を通しはじめた左近に頭を下げ、小五郎に伝えるべく、煮売り屋に急いだ。

七

七右衛門の葬式が終わった玉井屋は、親戚も帰り、落ち着きを取り戻していた。

まだ線香の香りが残る廊下を、手燭《てしょく》を持った番頭の富介が歩いている。

向かった先は、決して奉公人が来ない奥の部屋。真一が眠る座敷牢とも離れている部屋の前で止まると、火を吹き消し、あたりを見回した。

障子をそっと開けて、暗い部屋に入る。障子を閉めるのを待っていたかのように、背後から、色白の細い腕が首にしがみついてきた。

富介は微笑み、腕を解いて振り向く。すると、お杲が抱きつき、唇を重ねてきた。

二人は激しく求め合い、お杂は喜びに満ちた顔で抱かれた。

やがて、ぐったりしてうつ伏せになっていたお杂は、煙草《たばこ》をくゆらせる富介の背中に頰《ほお》を寄せた。

「ねえお前さん、七右衛門のことは、誰にも疑われずにすんだけれど、真一のことは、うまくいくかしら」

富介は、煙を吐きながらほくそ笑んだ。

「通夜の時に逃げようとしたことは、こちらに好都合となった。邪魔だった宗吉を、若旦那を手引きした罪を被《かぶ》せて店から追い出せたからな。これで、勝手に真一に近づく者はいない。明日からは、食事を与えるふりをして、すべて捨てておしまい。瘦せ細っていれば、病で死んだことにできる」

「毒のこと、ばれないかしら」

「七右衛門がばれなかったんだ、心配するな。それより、もらったのかい」

「ええ、通夜の日に置いていったわ」

「さすがは武家だな。あんな毒、よく手に入るものだ」

「そのことだけど、渡される時、裏切るなと念押しされたわ。あいつは蛇《へび》のようにしつこいから、このままだと、財をすべて持っていかれると思う。このことは、あいつがすべて描いた筋書きだから、真一が死んだと知れば、蔵の財を取りに来るわよ」

富介は片笑《かたえ》む。

「お前は心配性だな。確かに、これまでは明次の計画どおりだが、奴はまだ、わたしとお前が深い仲だとは知らないんだ。たかが番頭と侮《あなど》っているから、そう思わせておけばいい」

「どうするの」

「奴を先に始末するのさ。今から言うとおりにお前が動けば、うまくいく」

富介はお栞を抱き寄せ、知恵を吹き込んだ。二人がいる床下に、左近の耳目《じもく》となって動いている小五郎が潜んでいることを知らずに。

江戸は朝から日が照りつけ、昼を過ぎた頃には、うだるような暑さになっていた。

庭の築山《つきやま》に上がり、松の木陰で風に当たって涼んでいた石橋明次は、土塀《どべい》の外を流れる大川を眺めていた。

一艘《そう》の川舟に目がとまったのは、程なくのことだ。

商家のあるじらしき男が、若い女を連れて川遊びをしている。見られているとは考えもしないのか、あるじは女とたわむれ、楽しそうに笑っている。

ふたたびお栄を手元に置く日を待ち望む明次は、うらやましそうに見ていたが、思い出したようにほくそ笑んだ。

「もう少しの辛抱《しんぼう》だ、もう少しの……。大金を手に入れて、兄を見返してやる」

思いどおりにことが運んでいると信じる明次は、二万両という莫大な財を持つ玉井屋を己のものとし、その財力をもって石橋家の財政難を助け、ふたたび五千石の領主に戻してもらうつもりなのだ。

金ですべて解決すると信じている明次は、お栄からの知らせを待っていた。

待望の知らせが来たのは、そんな時だ。

届けられた文には、今日の日暮れ時に、いつもの場所で待っていると記されていた。

真一はまだ生きているが、蔵の金が動かせるようになったとも書かれており、明次は小躍《こおど》りした。

「でかしたぞ、お栄」

文を読み返してそう言うと、控えている唯一の家来に顔を向ける。

「爺《じい》、お采と会《お》うてくる。元の暮らしに戻る日が早まるぞ」

悪だくみを知らぬ老臣は、明次の言葉を鵜呑《うの》みにして、喜びの声をあげた。

一人でのこのこ出かけた明次は、屋敷にほど近い、川岸にある料理屋に行った。

いつも二人だけで会う離れでは、お采が待っていた。

明次は、美しいお采に顔をほころばせ、二人で酒を飲みはじめた。

少し酒が入ったお采は、肌を桜色に染めて、明次に身を寄せる。

「もう少しで、殿の思いどおりになります。その時は、きっとお屋敷に戻してください。約束ですよ」

「案ずるな。町方の後妻という苦労をさせたぶん、贅沢《ぜいたく》をさせてやる。屋敷に戻ったあかつきには、お前を正室として迎えよう。兄上には口出しさせぬ。わしは、お家を救うのだからな」

「嬉しい」

頬を寄せるお采を押し倒した明次は、何もかも思いのままになることを喜び、着物を剝《は》ぎ取った。

お朶と夢の時を過ごし、店を出た明次は、すすめられるまま酒を飲み、酔っていた。

夕暮れ時の川風に当たりながら歩いていると、人気《ひとけ》がない場所で三人の浪人に囲まれた。

驚いた明次は、壁際に下がって対峙《たいじ》する。

「何者だ。兄上に頼まれたのか」

正興の差《さ》し金《がね》かと疑う明次は、刀の鯉口《こいぐち》を切る。と同時に、浪人どもの背後に富介の姿を見つけ、いぶかしむ。

「おい番頭、なんの冗談だ」

すると富介は、悪い笑みを浮かべた。

「あんたが邪魔なんだよ。お朶はね、あんたからとっくに気持ちが離れているんだ」

「貴様、お朶を寝取ったのか」

「望んだのはお朶のほうだ。なあ、そうだよな」

富介が横を向いて言うと、板塀の角からお朶が出てきて、馬鹿にした笑みを浮かべながら明次を見た。

「じじいにあたしを押しつけたあんたが悪いのさ。三年のあいだに、いろいろ苦労があったんだ。この人が大きくした店を、お前なんかの好きにさせるもんか」

「き、貴様ぁ」

刀を抜いた明次であるが、三人の浪人が刀を構え、富介とお栄を守った。

富介がほくそ笑む。

「あんたがお栄を使って玉井屋を乗っ取ろうとしたおかげで、わたしにつきが回ってきた。これからはお栄と二人で、店を盛り上げていく。先生方、こいつは平気で人を殺す極悪人だ。斬っても罰《ばち》は当たりませんよ」

三人のうち一人が前に出て、明次に斬りかかった。

刀を受け止めた明次は、歯を食いしばって押し返した。だが、右から別の浪人に襲われ、受け止めそこねて腕を斬られた。

激痛に呻《うめ》き、尻餅をつく明次。

様子を見ていた三人目の浪人が、わしが息の根を止めてやる、と言って刀を振り上げたその刹那《せつな》、空を切ってきた小柄《こづか》が左腕に刺さり、呻いて下がった。

皆が、川下に振り向く。すると、夕暮れの道に、着流し姿の浪人風が立っていた。

小五郎の知らせを受けた新見左近が、明次を見張っていたのだ。

小柄を抜いた浪人が、

「貴様、許さん」

怒りに満ちた顔で言うや否《いな》や、投げ返した。

左近は宝刀安綱《やすつな》を抜き、刀身の腹で弾《はじ》く。

「おのれ！」

激高《げきこう》して斬りかかった浪人の一撃をかわした左近は、空振りしてつんのめる浪人の肩を見もせず、峰打《みねう》ちする。

絶叫した浪人は、のけ反《ぞ》って倒れた。

二人目が怒号《どごう》をあげて刀を振り上げ、斬りかかる。

左近は、幹竹割《からたけわ》りに斬り結び、刀身が交差する。

空振りした浪人は、額《ひたい》を打たれて昏倒《こんとう》した。

徳川将軍家に伝わる葵一刀流《あおいいっとうりゅう》の剛剣を目《ま》の当たりにした三人目の浪人は、恐れをなし、仲間を捨てて逃げた。

富介とお杲は抱き合って下がったが、壁で逃げ場を失い、恐怖に腰を抜かした。

立ち上がった明次は、そんな富介とお栞を斬ろうと歩む。その目の前に、左近は安綱の刃《やいば》を突きつけて止めた。

明次が睨《にら》む。

「助けてくれた礼はたっぷりする。刀をどけろ」

「余は、お前に用があってまいったのだ」

「余、だと」

「貴様の悪事は、すべて壱岐守に伝える。屋敷で神妙にいたし、壱岐守の沙汰《さた》を待つがよい」

明次の顔に怒気《どき》が浮かぶ。

「偉そうに言いおって、名を名乗れ」

「余は、徳川綱豊だ」

明次は驚いたが、それは一瞬のことだ。

「ふん、馬鹿を言うな。こんなところに……」

鼻で笑った明次の目に、安綱の金鎺《きんはばき》に刻《きざ》まれた葵の御紋《ごもん》が映った。

徳川の証である御紋に、目を見張る。

「ま、まさか」

「まだ抗《あらが》うか」

左近が言うと、明次は刀を捨てて離れ、地べたに平伏《へいふく》した。

左近が安綱を鞘に納《おさ》め、眼差しを転じる。

見られた富介とお栄は震え上がり、悲鳴をあげた。

そこへ現れた小五郎が、両名に縄を打って立たせた。

「観念して、自身番《じしんばん》で洗いざらい話せ」

小五郎に言われた富介は、

「悪いのはこの女です。わたしは騙《だま》されたんです」

と往生際《おうじょうぎわ》の悪いことを言ったが、お栄は放心して言い返しもしない。

小五郎は、そんな二人を連れて、自身番に向かおうとしたが、左近が止めた。

「ここに赤鞘の浪人者がいなかったが、どこにおる」

富介は、激しく首を横に振る。

「そのような者、雇っていません」

左近が明次を見ると、明次も否定した。

権八は、運悪く辻斬りと鉢合《はちあ》わせたのだ。

そう思った左近は、明次を小五郎の配下に託し、かえでといる権八のところへ行った。

離れたところにいた権八が、左近に言う。

「あっしを襲った赤鞘は、本物の辻斬りだったってことですかい」

「どうやらそのようだ」

「うわぁ」

権八は、背中が寒くなったと言い、身震いした。

「辻斬りを重ねることは、今の江戸では許されぬ。早いうちに捕らえられよう。若旦那を助けに行くぞ」

「へい」

左近と権八、かえでの三人は玉井屋に急ぎ、表の戸をたたいた。

潜《くぐ》り戸《ど》を開けて顔を出した手代に、権八が事情を話す。すると手代は、信じられないと言って、相手にしなかった。

「おいお前、近頃若旦那の姿をその目で見たのか。どうなんだい」

怒鳴って詰め寄る権八に、手代は不安になったらしく、青い顔をして入れてくれた。

奥へ案内した手代が、閉められたままになっている障子を開ける。すると、座敷牢の中で、真一は両膝を抱えて座っていた。

顔を上げた真一のやつれた姿に、手代は絶句している。

権八は、その手代をどかせた。

「若旦那、動けますか」

真一は、必死の形相《ぎようそう》で這《は》ってきた。

「棟梁、番頭とあの女は、わたしを殺す気なんだ。もう五日も、水しかくれないんだよ」

「もう大丈夫ですぜ。こちらの左近の旦那が、悪い奴らをとっちめてくださいましたから」

「ほ、ほんとうかい」

「ええ、お栄と番頭は、自身番に行きました」

「ああ、よかった」

真一は安堵して、格子に背中を預けて座った。

権八は手代に言う。

「おい、ぼさっとしてないで、鍵を持ってきな」

手代は泣きそうな顔をした。

「そう言われましても、おかみさんと番頭さんが持ってらっしゃいますから」

「権八さん、わたしが」

かえでは権八とかわって戸の前に行き、髪から細い金を抜いて鍵穴をいじり、難なく錠前《じょうまえ》を開けた。

その手並みに感心した権八だったが、真一が出てくると、泣きながら抱きとめた。

「生きててよかった。おれが口車に乗せられてこんなもの作っちまったせいで、とんでもねぇ思いをさせちまった。ごめんよお」

「棟梁のせいじゃない。でも、この座敷牢のおかげで、目がさめました。死んだ親父の教えを守って、これからはこころを入れ替えて、玉井屋を守っていくから、もう泣かないでくれよ。悪いのは、奴らにつけいる隙《すき》を与えたわたしなんだから」

辛いはずなのに、泣いてあやまる権八を気にかける真一の姿に、左近は、玉井屋の安泰《あんたい》を見た気がした。

第二話　大黒《だいこく》の旦那

一

元禄《げんろく》十年（一六九七）を迎えた江戸は、穏やかな時が流れていた。

新見左近は、新春の陽気に誘われて、西ノ丸をくだった。

町屋のあいだの空き地では、子供たちが凧揚《たこあ》げをして遊んでいる。

両国橋《りょうごくばし》を渡り、新井白石の私塾に到着したのは昼前のことだ。

集まった旗本の者たちと共に、講義を受けた。

若い旗本たちは皆、登城を許されている。だが、今この場にいる旗本たちは、綱豊が足を運んでいると思う者は一人もおらず、左近のことは、白石の友人の浪人だと思っている。

共に白石に師事する同志、とも思っていて、皆親切で和気あいあいだ。

そんな旗本たちに、通鑑綱目《つがんこうもく》を説《と》く白石は、時折、五代将軍綱吉の政《まつりごと》を引き合いに出し、皮肉とも、非難とも取れる言葉を並べる。これがはじまると、旗本たちは、危なっかしい、という面持《おもも》ちをしながらも、熱心に聞く。

勘定奉行《かんじようぶぎよう》の荻原重秀《おぎわらしげひで》の主導で進められる金銀の改鋳《かいちゆう》は、左近や白石の憂《うれ》いをよそに止まることはない。今年はいよいよ、質のよい慶長《けいちよう》金銀を古銭《こせん》に位置づけ、通用期間を限り、期日までに新貨《しんか》と交換する令がくだされる。

そのことを知った白石は、強引だと憤《いきどお》ったのである。

期限を過ぎると使えなくなるとあっては、これまで慶長金銀を手放すことを渋っていた商家の者たちは、換金に走るだろう。質を落として改鋳すれば、公儀の金蔵は潤《うるお》う。だが、そうやって増やした金が大量に出回れば、金の価値は低くなり、物価が高騰《こうとう》し、庶民の暮らしが苦しくなる。

火を見るより明らかだ、と強い口調で言う白石は、心配そうな顔をしている旗本たちを見て、はっと我に返った。

ひとつ咳払《せきばら》いをし、

「話がそれてしもうた。要するにわたしが言いたいのは、政に関わる者は、民の暮らしを考えなければいかんということだ。そなたらは将軍家の旗本。いずれ、政に関わる立場になろうから、そのことを忘れぬように」

取り繕《つくろ》うように言う白石に、旗本の一人が手を挙げた。心配そうな者の中で、熱心に耳を傾《かたむ》けていたのは、家督《かとく》を継いだばかりの、井垣淳之介《いがきじゅんのすけ》だ。

白石が指差し、発言を許すと、井垣淳之介は口を開く。

「お師匠、無役の我らに遠慮は無用です。思うところをおっしゃってください」

隣の者が続く。

「さよう。要するに師匠は、質を落として増やした金で、ご公儀が無駄遣《むだづか》いをすることを怒《あわ》ってらっしゃるのでしょう」

白石は慌てた。

「待て、わたしはそこまで言うておらぬ」

井垣の隣にいる若者は、さらに続ける。

「当家に出入りの商人が言うておりました。今年完成する護国寺《ごこくじ》の観音堂には、いったいいくらかかっているんでしょうね、と」

白石がちらと左近を見て、若者に問う。

「それで新九郎《しんくろう》、その者になんと答えたのだ」

新九郎は臆面《おくめん》もなく言う。

「わたしのような小者が、観音堂にいくらかかっているのか知るはずもございませんから、はぐらかしておきました。しかし、あれを無駄遣いだと思っている者がいる。そんな時ですから、質の悪い金を大量に作るのは、無駄遣いのためだと言う者が、出てくるでしょうね」

これが口火となり、左近の身分を知れば卒倒《そっとう》するだろうと思えるほど、集まっている者たちから忌憚《きたん》のない意見が続いた。

無役の旗本たちのあいだでは、荻原が甘い汁を吸っている、という考えが広まっている。

そう思った左近は、白石の予想どおりに物価が高騰し、民の暮らし向きが苦しくなれば、日ノ本中に不満が広がり、治安が悪化するのではないか、と憂えずにはいられなかった。

講義が終わり、若者たちが帰っていった。

居残る左近に、白石は苦笑いを浮かべる。

「今日も、つい熱くなりました。また柳沢殿に、嫌味を言われますかな」

「もう慣れた」

左近は笑みを浮かべて言い、戸口を見る。

「井垣は熱心に聞いていたな。その隣にいた者は初めて見たが」

「新九郎は、百五十石の旗本、池田《いけだ》家の長子です。淳之介とは幼馴染《おさななじ》みで、二人とも、世の中の金の動きに興味があり、いずれは勘定方《かんじようかた》になり、大金を動かしてみたいと夢見る若者ですが、今の改鋳政策には、疑問と落胆を感じているようです」

「目をかけているようだな」

白石は笑い、はい、と嬉しそうに答える。

左近はふたたび戸口を見て言う。

「それにしても、志崎《しざき》は遅いな。今日は講義を受けると言うておったが」

「また長屋の連中の相談を受けているのかもしれません」

左近は笑った。

「あいつらしいことだ」

「待っていてもいつになるかわかりませんから、先にはじめますか。今日は、蓮《れん》根《こん》のきんぴらと、湯豆腐にしました」

「せっかくの料理だ、もう少し待ってみよう。志崎のあの気性だ。厄介《やつかい》ごとに巻き込まれていなければよいが」

白石が、ご自分もでしょう、という顔をして言う。

「弱い者を助けるところは、殿と同じでございます。が、いかんせん、志崎はこれが苦手でございますから、心配ですね」

刀を持つ真似《まね》をする白石に、左近はうなずく。

待つあいだ、志崎の話題になった。

左近がここで仲よくなった志崎秋穂《あきほ》は、将軍に拝謁《はいえつ》を許されている二百石の旗本なのだが、親の代に蔵方《くらかた》の職を解かれ、ここ本所に遠ざけられた家柄の者。

父が当時の老中に睨《にら》まれたのが理由だと白石から聞いている左近であるが、その真相までは白石も知らぬという。

その父が死去し、秋穂の代になっても、志崎家の存在はまるで忘れられたかのごとく、無役のままだ。

城に上がった志崎を、左近は面と向かって見たことがない。行事の時は、将軍綱吉にあいさつはするものの、顔を上げることを許されないからだ。

左近は酒を酌《く》み交《か》わした際に、今の待遇に不満はないのかと訊《き》いたことがある。

志崎は、お上に従うまで、と笑い、今の暮らしが性に合っているとも言った。

左近が、厄介ごとに巻き込まれていないか案ずるのは、志崎が金貸しをしているからだ。

これがまた、変わっている。

志崎は、貧しい者ばかりに金を貸し、わずかばかりの利息を取っているものの、厳しい取り立てはせず、食べているか心配する。

また、家のない者は、深川《ふかがわ》の志崎家の私有地にある長屋に暮らさせ、食えるようになるまで家賃は取らないのだ。

白石は、それで儲《もう》けがあるのかと、左近の前で訊いたことがある。

すると志崎は笑い、儲けがないのに、貧しい者に学問を教える師匠と同じだと返した。

齢《よわい》三十一の志崎は、太っているのと気性が重なり、どっしりと構えた雰囲気がある。そのため、長屋の者たちからは大黒様《だいこく》と呼ばれていた。謙遜《けんそん》した志崎は、そのように呼ばれては罰《ばち》が当たる、やめてくれと言ったが、長屋の連中は、助けられた自分たちにとって、旦那は生き神様だ、と言って聞かず、今では親しみを込めて、大黒の旦那と呼ばれている。

そんな志崎に左近は好意を抱き、私塾で会った時には、白石と三人で酒を飲むことがあり、今日は、八日ほど前の帰り際に、約束をしていた日だった。

その志崎が来たのは、講義が終わって四半刻《しはんとき》（約三十分）後だった。

遅れたことを詫《わ》びる志崎を見た左近は、白石と顔を見合わせる。

白石は、座る志崎に言う。

「詫びなくともよい。それより、そなたのことを話していたところだ。遅れたわけは、心配していたとおりであろう。その顔の傷はどうした」

志崎は、左の頰《ほお》に手をやり、痛そうに口を歪《ゆが》めて訊く。

「目立ちますか」

「鏡で見せてやりたいがここにはない。ひどい面《つら》だ。鬢《びん》も乱れて、旗本とは思えぬぞ」

白石が言うのを横目に、左近は胸元から懐紙《かいし》を取り出し、志崎に渡した。

右の頰にもすり傷があることを教えてやると、志崎は紙を当て、血がついたのを見てまた痛そうな顔をする。

「足も引きずっていたが、何があったのだ」

訊く左近に、志崎は苦笑いで言う。

「町のごろつきに絡まれて、殴り合いをした。お師匠、酒をいただけませぬか。喉《のど》がからからで」

応じた白石が、手酌《てじゃく》をした湯呑《ゆの》みを差し出す。

受け取った志崎は、一口飲むなり目を見張り、苦い顔をして慌てて飲み込んだ。

白石が痛そうな顔をした。

「口が切れておるのか」

志崎がうなずく。

「今気づきました」

「派手にやったのだな。遅いから、新見殿と心配していたのだ。絡まれたと言うたが、何か厄介ごとに巻き込まれているのではあるまいな」

すると志崎は、否定した。

それでも白石は、人助けをしているおぬしを殴るなど、罰当たりもいいところだと憤慨し、誰にやられたのか訊いた。

志崎は答えず、酒を含んで痛そうな顔をしている。

「おい志崎、師の言うことが聞けぬのか。誰だ、誰とやり合った」

問い詰める白石に、志崎は困ったような顔をして、湯呑みを置いた。

切り出したのは、やはり金絡みのことだった。

遅れると思い道を急いでいた志崎は、所有する長屋に暮らす独り者の若い男が、森下《もりした》の金貸しに連れていかれそうになったところに出くわしていた。住人のために、利息を立て替えようとしたのだが、金貸しはそれが気に入らなかったらしく、殴られたという。

森下というのは、深川神明宮《ふかがわしんめいぐう》の東にある町のこと。

武家屋敷の森がこんもりと茂り、神明宮の杜《もり》と挟まれていることから、森下と言われるようになった場所で、近頃は新しい家が建ちはじめ、人が増えている。

森下の金貸しは、町屋が許された頃から暮らしている者で、名を藤左衛門《とうざえもん》といい、齢は五十になる。

酒を舐《な》めながら、左近と白石にそう教えた志崎は、困ったものですよと笑っている。

「笑いごとではないぞ。藤左衛門のことは、ここに通う者からも聞いておるが、評判はよろしくない。そのような者と揉《も》めて、大丈夫なのか」

心配する白石に、志崎は穏やかな表情で答える。

「ご心配なく。わたしが旗本だと知ったら、殴ろうとした手を止めて、そそくさと帰りましたから」

「まことに、心配ないのだな」

白石が念を押すと、志崎は左近に言う。

「お師匠は心配性だな」

同意を求められた左近は、首を縦《たて》に振らずに訊く。

「おれも師匠と同じだ。仕返しされないか」

すると志崎は、頬に手を当てた。

「曲がりなりにも旗本だ。それに、殴ったことですっとしたのだろうな。利息を立て替えた銭も受け取ったことだし、もうないだろう」

左近はうなずいたが、白石は納得していないようだ。

「長屋に住まわせている者を甘やかしすぎるのも、どうかと思うぞ。若い者なら、働き口はあろう。自分で返させろ」

すると志崎は、なんとも言えぬ顔をした。

「どうした、浮かぬ顔をして」

決めつけて言う白石に、志崎は神妙な様子で答えた。

「傷が痛んだだけですよ。ほんとうに、大丈夫ですから」

白石は心配そうだが、左近は志崎の言葉を信じた。話を変えようとする志崎に従って、他愛もない世間話に耳を傾け、長屋の連中の暮らしぶりを聞いているうちに、白石も話に興味を示し、明るい連中の滑稽《こっけい》な様子に笑った。

「馬鹿ばかり言って金も持っていないが、情に厚い連中で、憎めないのだ」

家族を思いやるような眼差しをして語る志崎を見ていると、本所でくすぶらせておくには惜しい人間だと左近は思う。だが、今の己に、役目を与える権限はない。

どうにか取り立ててくれぬか、柳沢に話を持ちかけてみようかと考えつつ、杯《さかずき》を傾けていると、白石がこちらを見ていることに気づいた。

白石も左近と同じで、民の暮らしを案じる志崎を眠らせておくのは、もったいないと思っているのだ。

長らく語り合い、私塾を辞した左近は、途中で志崎と別れる際に、今日揉めた相手には、十分気をつけるよう言い、西ノ丸に帰った。

二

志崎秋穂は、妻の菊代《きくよ》と、七歳になった一人息子の三人で朝餉《あさげ》をとった。

行儀よく食事をする息子の姿に、志崎と菊代は顔を見合わせ、微笑《ほほえ》み合う。

息子は、時折父の顔を見ていたが、志崎が目を向けると膳《ぜん》に目を落とす。かぶの煮物を器用に箸《はし》で切り分け、ひとつ口に運ぼうとしたのだが、父の顔が気になったことで、滑って膝《ひざ》の上に落ちた。

菊代が慌てて拾い、汚れを拭《ふ》く。

「母上、ごめんなさい」

失敗して落ち込む息子に、菊代は優しく微笑む。

志崎も笑みまじりで息子に話しかける。

「虎太郎《とらたろう》、父はこのあと出かけるゆえ、留守を頼むぞ。加平《かへい》がおらぬから、男はお前だけになる。母上を守ってくれ」

虎太郎は明るい顔を向け、元気にはいと答えた。

「まあ、頼もしいこと」

菊代が言うと、虎太郎は失敗を忘れて嬉しそうに笑い、食事をもりもり食べた。

「今朝はよく食べるな」

志崎が言うと、虎太郎は箸を止め、まじまじと父の顔を見た。

「早く大きくなって、強くなって、父上のお力になりとうございます」

志崎ははっと、己の頰を手で隠した。

「これか。これはな、その、あれだ。人助けをした証《あかし》だ。あは、あは」

事情を知る菊代は、慌てている志崎に、心配そうな顔を向ける。

「ほんに、気をつけていただかないと」

「案ずるな。虎太郎、これはたいしたことではないのだ。気にせず食べなさい。

ああ、食べすぎはよくないぞ」

応じた虎太郎は、手を合わせ、ご馳走様《ちそうさま》と言った。無理をして食べていたのだ。

心配してくれる虎太郎に見送られて出かけた志崎は、旗本屋敷の門前を通って南へ歩き、竪川《たてかわ》を渡った。

無役の志崎は、朝から白石の私塾へ行かぬ日は、己が所有する長屋へ行き、住人たちの様子を見ることにしている。何せ、その日の食べ物にも事欠く貧しい者ばかりが暮らしているため、腹を空かせていないか、急な病《やまい》で倒れていないか、気になって仕方がない。

特に二日も三日も食べていない者は、空腹のあまり盗みを働いたりすることがあるため、心配なのだ。

長慶寺《ちようけいじ》近くの私有地に到着し、長屋の路地へ入ると、さっそく騒がしい声が聞こえてきた。

男と女が揉める声に、急いで奥へ行くと、井戸端に人が集まっていた。

「朝から何ごとだ」

声をかけると、長屋の連中が振り向き、揃《そろ》って驚いた。一人の男が歩み寄る。

「大黒の旦那、その顔はどうなさったので」

「心配せんでもいい。それより喧嘩《けんか》の元はなんだ」

「亀《かめ》の野郎が、お梅《うめ》さんがちょいと出かけた隙《すき》に家に入り込んで、釜《かま》の飯を食っちまったんです」

志崎は眉間《みけん》に皺《しわ》を寄せた。

「なんだと」

その声が聞こえたらしく、亀と呼ばれている若者が焦《あせ》った様子で、人をどかせて来た。

「旦那、おいらは食ってねぇですよ。神仏に誓って、手癖が悪いことはしちゃいねぇです」

亀は三日前まで普請場《ふしんば》の手伝いをして、その日食うくらいの銭を得ていたが、普請が終わり、職を失っていた。

「腹が減ったのか」

志崎が目を見て言うと、亀は一瞬だけ、泳がせた。

志崎は詰め寄り、亀の肩をつかんだ。

「お梅が苦労しているのは、お前も知っているだろう。助け合う気持ちがない者は、ここには置いておけぬと何度も言ってるはずだ」

亀は叱《しか》られた犬のような顔をして、ちらちら志崎を見ながら聞いていたが、出ていけと言われると思ったらしく、離れてぅな垂れた。ぼそぼそと何か言ったが、よく聞こえない。

志崎が問い詰める。

「今なんと言った。大きな声で言え。お梅、来なさい」

呼ばれたお梅が、怒った顔で歩み寄る。手に持っている飯釜《めしがま》は、米粒が残っているだけで空だった。

亀が観念した様子で言う。

「ですから、旦那に教えられたとおりに、人助けをしたんです」

志崎がいぶかしむ。

「人助け？　どういうことだ」

亀はすぐ後ろにある自宅の腰高障子《こしだかしょうじ》を開けて、中に声をかけた。

「出てきてくれよ。でなきゃ、おいらはここに住めなくなっちまう」

誰かいるのか、と長屋の連中が騒然となった。

求めに応じて戸口に現れた男を見て、皆が揃って痛そうな顔をする。

男は顔中に傷をつくり、左の頬には、志崎と同じように青あざができている。

亀が志崎に振り向き、機嫌をうかがうような顔で言う。

「朝起きたら、この人が軒先《のきさき》で倒れていたもんだから、助けたんです。怪我《けが》をしているし、腹も減っているようだったから、何か食べさせてやろうと思いやして」

志崎は呆《あき》れた。

先に言葉を発したのはお梅だ。

「それならそうと、あたしに言えばいいじゃないのさ。黙って持っていくのは、盗っ人と同じだよ」

「すまねぇお梅さん。目をさましたこの人が、人に知られたくないと言うもんだから」

「結局大騒ぎになっちまっただろう。馬鹿だよあんたは」

わけありのようだと察した長屋の連中から、

「終わりだ、散った散った」

「みんな帰《け》ぇるぞ」

という声があがり、潮《しお》が引くように、それぞれの家に入っていった。

残ったお梅の腹が、ぐうっと鳴る。

「あら、やだ」

三十路女《みそじおんな》が恥ずかしそうに笑って、家に入ろうとしたので志崎が止めた。

「お梅、これで米を買ってこい」

一分判《いちぶばん》を差し出すと、お梅は飛びつくように受け取り、帯に挟み込んだ。

「旦那、遠慮はしませんよ」

笑みで言うお梅に、志崎も微笑む。

「そのかわり、こいつらに何か旨《うま》い物を作ってやってくれ」

「あいよ、買ってきますね」

お梅は快諾《かいだく》して、釜を井戸端に置いて出かけていった。かと思うと、慌てた様子で路地を走って戻ってきた。

「大黒の旦那、柄《がら》の悪そうな連中が、人を捜す様子で表通りをうろうろしていますよ」

そう言いながら、お梅の目は、亀が助けた男に向いている。

男は聞いた途端に怯《おび》え、家の中に入った。

志崎が戸口から訊く。

「おい、誰に追われている」

座敷に上がった男が振り向いた。

「森下の、藤左衛門です」

「なんだと」

志崎は思わず、青あざがある頰を押さえた。

男が指差す。

「まさか、旦那も奴に」

「うん、まあな」

すると男は、これはだめだ、という顔をして、枕屛風《まくらびょうぶ》の向こうに隠れた。

路地を急ぐ足音が近づいたのは、その時だ。見れば、派手な柄の着物を着流した三人のやくざ風が、長屋と長屋のあいだを調べながら近づいてくる。そこへ出くわした長屋の男をつかまえ、いかにも恐ろしげな顔で問う。

「おう、ここに顔が傷だらけの男が来なかったか」

怯えた長屋の男は、志崎のほうを見た。

それに合わせて見てきたやくざ風が、男を放してこちらへ向かってきた。

その者たちの顔に見覚えがある志崎は、腰に帯《お》びている大刀に左手を添えた。

志崎だと気づいた三人が、あっ、と言って立ち止まる。

「ここはわたしの土地だ。音松《おとまつ》、貴様ら、許しもなく旗本の屋敷地に土足で入るとはけしからぬ。そこへなおれ、そっ首はねてくれる」

「げっ」

目を見張った三人は慌てて下がった。

志崎が一歩出ると、三人はさらに離れる。そして、兄貴分の音松が言う。

「大黒の旦那、ご勘弁を。昨日と同じで、知らなかったんですよ」

「去れ」

「その前に旦那、ここに、旦那と同じような傷を負った男がいませんか。野郎は、親分に借りた金を返さねぇ悪党なんです」

「知らぬ、貴様らを見ると顔の傷が痛む。去らねば刀を抜くぞ！」

「わかりやしたから、腰の物から手をお離しになっておくんなさい」

音松はそう言うと配下の二人を促《うなが》し、逃げ去った。

お梅が、連中の姿が見えなくなってから志崎の前に出て、

「おととい来やがれってんだ」

と威勢のいい声をあげた。ああすっきりした、と言って振り向き、にこりとする。

「旦那のおかげで、あいつらから金を借りなくてすんでいるんですから、ほんと、大黒様ですよ」

「おいよせよ」

「それじゃ、買い物に行ってきますね」

お梅はいそいそと出かけていった。

腕組みをした志崎は、亀の家に入った。

亀と男は揃って正座し、志崎に頭を下げる。

志崎は上《あ》がり框《かまち》に腰かけ、男に訊いた。

「お前さん、名は」

「新三《しんぞう》と申します」

「住まいは」

「神明宮の北にある長屋で暮らしています」

「家族は」

「独りもんです」

「今の者たちは藤左衛門の子分だが、藤左衛門に金を借りているのか」

新三は激しく首を横に振った。

「藤左衛門の美人局《つつもたせ》に嵌《は》められました。あっしには縁のねぇほどの美人に誘われて、のぼせ上がって家に連れて帰ったのが間違いでした。抱き合っている時に奴らが来て、親分の女に手を出しやがったな、深川の海に沈められたくなければ十両払え、と脅《おど》されたんです」

新三は悔しそうに、膝に置いている手で着物をにぎりしめている。

「それで、どうなったんだい」

亀に訊かれて、新三は志崎に顔を向けた。

「そんな金はないと言いましたら、そのまま、貸しにされたのでございます。利息が高くて、返しても返しても減らず、今では、三十両に膨《ふく》れ上がって……」

新三は悔し涙を流した。

亀がため息をつく。

「ひどい話だ」

新三は志崎に、すがるような顔で両手をついた。

「なんでもしますから、どうか助けてください。ここから出れば、奴らにとっ捕まります。簀巻《すま》きにされて海に捨てられます。このとおり」

手を合わせて額《ひたい》を畳に擦《こす》りつける新三に、人がよい志崎は、顔を上げさせた。

下男の加平に孫が生まれ、息子が暮らす川越《かわごえ》に行かせていることを思い出した。

「そうだ、ちょうどいい。うちで薪割《まきわ》りをするか。高い給金は出せぬが、下男がしばらくおらぬので困っている」

亀が手を打ち鳴らした。

「なるほど、旗本のお屋敷なら、奴らはここより手が出せねぇや」

新三は喜んだ。

「お願いします」

「よし、では行こう」

志崎が言うと、新三は、命が助かったと言い、立ち上がった。

「亀、買い出しに行かせたお梅が帰ったら、よろしく言うといてくれ」

「合点承知《がってんしょうち》。あっしがいただきますんで、無駄にはなりやせんや」

調子がいい亀に笑った志崎は、新三を連れて屋敷に帰った。

三

五日ぶりに白石の私塾を訪ねた志崎は、新見左近と三人で酒を飲む時、新三のことを酒の肴《さかな》にした。人助けをして、気分がよかったのだ。

興味津々《きょうみしんしん》で聞く左近の様子も、志崎の口を軽くしたと言えよう。

新三は、屋敷に連れて帰った日からよく働いた。

妻の菊代もすぐに信頼を置き、虎太郎は遊んでもらったのを機にすっかり懐《なつ》いて、暇《ひま》さえあればそばに行き、遊びをせがむようになっていた。

白石が、いつまで置いておくつもりかと尋ねた。

杯を口に運びかけた手を止めた志崎は、考えていたことをしゃべった。

「下男がもういい年ですし、前から息子に、一緒に暮らそうと誘われているようですから、かわりの者を探さねばと思うていたところでした」

「では、このまま置くのか」

「決まった仕事もないと言いますから、もう少し様子を見て判断しようかと思っています」

志崎はそう言って、酒を飲んだ。

白石が言う。

「大丈夫か。森下の藤左衛門が、黙っておろうか」

「元は騙《だま》し取ろうとした金ですし、もういくらか払っているのですから、腹は痛まないでしょう。旗本に召し抱えられた者に手を出すほど、愚《おろ》かな者ではないかと」

志崎は、子分の音松たちの態度を見て、安心しきっている。黙って聞いている左近に酒をすすめて酌をし、お返しの酌を受けて飲んだ。

話題が学問のことに変わり、三人で語り合った。

志崎は、白石と左近が語る時にいつも思うことがある。白石は、公儀が進めている改鋳のことをよく言わない。その言いぐさが、左近に何かを求めているように見えるのだ。

この人は、何者だろう。

志崎はふと、左近をそういう目で見た。

帯びている脇差は、安物ではない。横に置いている大刀もしかり。何より、声がいい。まっすぐ相手を見て話す声は落ち着いており、こころも広い。

人を安心させる、という言葉が適当か。

浪人になった経緯《いきさつ》を知りたいのはやまやまだが、前に一度訊いた時にうまくはぐらかされたままになっている。

深く知れば、良好な付き合いが絶《た》たれる気がする志崎は、喉まで出ていた、素性《すじょう》を教えてくれという言葉を、酒で流し込んだ。

改鋳のことは、白石の言うとおりだと思う志崎は、家にある慶長小判を換金するべきか、二人に訊いた。

すると白石は、渋い顔で言う。

「将軍が代われば、公儀の方針は大きく変わる、それが常だ。わたしは必ず、ふたたび改鋳され、質がよいものに戻されると信じている。だが、小判一枚の価値は、江戸の暮らしで使う限り同じだ。取っておいても使えぬようになるのだから、無理をしてまで金蔵に置いておく必要はない」

「白石殿の言うとおりだ。旗本のそなたが換金を拒《こば》んでいることがお上の耳に入るのは、避けたほうがよい」

二人にそう言われて、志崎は腹を決めた。

「大金を持っているわけではないから、意地を張らずに交換することとしよう」

志崎がそう言うと、左近は笑みでうなずいた。白石もうなずいたが、笑みはない。

三人で私塾を出て、堀端で再会を約して別れた志崎は、夜道を歩いて屋敷に帰った。

着替えを手伝ってくれる菊代に、新三を加平のかわりに雇おうか考えていることを告げると、菊代は、ひとつ気になることがあると言う。

志崎は着替えを終えて、菊代と向き合った。

「何が気になるのだ」

すると菊代は、神妙な顔で語った。

「今日、お前様がお出かけされたあと、新三さんに用を頼もうと思い捜していたのです。おかるが裏門で見たから呼んでくると言ったのですが、訪ねた者と、何か深刻そうな様子で話していると言うものですから、もしや藤左衛門の手の者かと案じて、見に行きました。相手の顔を見ることはできませんでしたが、何かを言われている様子でした」

「誰か訊かなかったのか」

「訊きました。物売りだと言うのでその時は気にしなかったのですが、先ほど、暗い顔で考えごとをしている姿を見たのです。昼間の者は、金貸しの手先ではないでしょうか」

めったに動じない菊代の様子に、志崎も心配になった。

そこで志崎は、新三を部屋に呼び、ここを突き止められたのか訊いた。すると新三は、激しく首を横に振り、違うと答えた。

その慌てぶりに、志崎はいぶかしむ。

「では、裏に来ていた者は誰か。物売りではあるまい。暗い顔をしているお前を見て、菊代が心配しておるのだ。正直に言いなさい」

新三は、菊代に顔を向けた。

「奥方様、どうかご心配なさらないでください。皆様方にはほんとうによくしていただき、感謝しています。何もやましいことはありません。物売りがしつこいものですから、疲れていただけなのでございます」

「ほんとうに、金貸しに見つかったのではないのですね」

「はい」

　菊代はようやく、安堵《あんど》の笑みを浮かべた。

　志崎も新三を信じた。

「夜に呼び出してすまなかったな。そうだ、ちょうどよい。新三、お前を正式に雇いたいのだが、このまま屋敷にいてくれないか」

「えっ」

　新三は目を泳がせた。

　志崎は続ける。

「虎太郎も喜ぶ。菊代も、お前がいてくれると助かると申しておるのだ。受けてくれ」

　新三は、目を赤くした。

「わたしのような、どこの馬の骨ともわからぬ者を、認めてくださるのですか」

　志崎はうなずいた。

「お前は真面目で、誠実だ。人見知りをする虎太郎が懐くほどだから、悪い者ではあるまい。高い給金は出せぬが、ここで暮らさぬか」

　新三は目尻を拭《ぬぐ》ったが、返答には困った様子だ。

察した志崎が言う。

「すぐにとは言わぬ。二、三日考えて、返事を聞かせてくれ」

新三は顔を上げて、志崎と菊代を交互に見て、頭を下げた。

「下がって休め」

「はい」

新三は洟《はな》をすすりながら、部屋から出ていった。

勘のいい菊代が言う。

「心配です」

「うむ、しばらく目を離さずにおこう」

志崎はそう言い、この日は休んだ。

翌日からは、夫婦で新三のことを気にかけた。よく働く新三に変わった様子はなく、虎太郎を相手に遊ぶ時は、子供のような笑顔で接している。

新三には、この屋敷にいてほしい。

そう夫婦で話していた次の日、薪割りをしていた新三は、裏の路地からした物売りの声に誘われて、裏門を開けた。

見ていた志崎は、門扉《もんぴ》の外にいる物売りの顔を見るべく、植木の陰に隠れた。

新三と話している男は、知った顔ではない。

やはり、ただの物売りだったか。

新三の言葉を信じた志崎は、何も問わず、自分の部屋に戻った。

この日も、新三から返事は聞けなかった。

寝所に入った志崎は、虎太郎を寝かしつけてきた菊代が、横になるのを待っていた。

「新三のことだが」

言葉をかけると、菊代が顔を向けてきた。

「はい」

「明日一日待って返事がなければ、こちらから訊こう」

「わたくしも、そうおすすめしようと思うておりました。昼間も、悩んでいるようでしたから」

「そうか。よし、では、背中を押してやろう。新三ほどの者は、めったにおらぬからな」

「加平は驚きましょうが、きっと喜ぶでしょう。口には出しませぬが、息子夫婦のところに行きたいでしょうから」

「そなたが言うのだから間違いない。新三が受けてくれれば、加平には暇を出してやろう」

「はい」

二人は目を閉じ、眠りに就《つ》いた。

志崎は、時々金縛《かなしば》りに遭《あ》う。その時は決まって、悲しげな顔をした亡き母が現れ、何かを言おうとするのだ。

今は絶えてしまった旗本の出である母は、志崎家が城から遠ざけられ、本所に移された年に亡くなっている。自ら命を絶ったのではなく、病に倒れてのことだが、息を引き取る間際まで、秋穂がふたたび、公儀の役目を拝命することを望んでいた。

未《いま》だ果たせていないことを、悲しんでいるに違いない。

志崎は母に見つめられ、金縛りで動けぬまま目をさました。いつものように、枕元に気配がある。母に違いないと思い目を向けると、気配が消え、金縛りが解けた。そこでほんとうに、目をさますのだ。

また夢か。

背中が汗で濡れている。

起きようとした志崎は、足下《あしもと》にある気配に気づき、頭だけをもたげた。すると、外障子を背にして座る人影があった。母ではない。

曲者《くせもの》と気づいた志崎は起き上がり、枕元の大刀をつかんで立ち上がる。

「何者だ」

抜刀《ばっとう》すると、人影はその場にひれ伏した。

「新三でございます」

志崎は驚き、隣で起きた菊代と顔を見合わせた。

有明行灯《ありあけあんどん》の火が消えているところを見ると、朝が近い。

志崎は火をつけるよう菊代に言い、刀を鞘《さや》に納《おさ》めて、新三と向き合う。

「新三、このような時分に返事をしに来たわけではあるまい。いったい何ごとだ。まさか、出ていくのか」

頭に浮かんだことをぶつけると、新三はひれ伏したまま黙っている。

菊代が行灯に火をつけた。明かりに浮かぶ新三は、寝間着姿ではなく、身なりを整えていた。

「やはり、出ていくつもりか」

重ねて問うと、

「お許しください」

答える新三の声に、志崎は眉根《まゆね》を寄せる。

「泣いているのか。いったい、何を許せと言うのだ」

「わたしは、嘘《うそ》をついていました。旦那様に近づくために、長屋に逃げ込んでいたのです」

志崎は、いやな予感がしたが、受け入れがたく、あえて訊く。

「どういうことだ」

「藤左衛門に追われていたのは嘘です。お優しい旦那様のおこころに、つけ込んだのでございます。このお屋敷に入り込むために、芝居をしました」

「藤左衛門の筋書きか」

「はい」

「狙いはなんだ」

「虎太郎様です」

「何！」

絶句する志崎。

菊代が慌てて、隣の襖《ふすま》を開けた。

虎太郎は、布団で眠っている。

そばに行く菊代を見て、志崎は安堵した。

顔を上げて見ていた新三が、志崎と目が合うと、ふたたびひれ伏した。

「言われたとおりに、今夜攫《さら》おうとしてお部屋に忍び込んだのですが、虎太郎様の寝顔を見てできなくなり、逃げようとしました。でも、このままでは、また新たなことを仕掛けるに違いないと思い、お手討ちを覚悟で来ました。どうかお気をつけください。虎太郎様が狙われています」

どうにも腹が立った志崎は、刀の柄《つか》に手をかけた。

「貴様は、藤左衛門の子分か」

新三は激しく首を横に振る。

「違います」

「では何ゆえ、奴の言うことを聞く」

「虎太郎様を連れ出せば、借金を帳消しにすると言われたのです。形《かた》に取られている女房を取り戻すために、言うことを聞きました」

志崎は刀を抜こうとした。だが、目をさました虎太郎が立ち上がるのが目の端に入り、そちらを見た。すると、虎太郎は新三がいることに気づき、歩み寄ろうとした。

「いけません」

菊代が抱き寄せ、志崎を見てきた。

斬らないで、という菊代の目顔に、志崎は刀の柄から右手を離した。

「新三、外へ出よ」

応じた新三は裏庭に下り、己が昼間に掃《は》き清めた地面に正座した。

外障子を閉めた志崎は、縁側に片膝をついて問う。

「女房を取られているのは、嘘ではあるまいな」

「はい」

「いくら借りている」

「五両です」

「藤左衛門がどのような者か知らずに借りたのか」

「いえ、知っておりましたが、どうにもならず……」

「どうしてわたしを頼らなかったのだ」

「お旗本を頼るなど、おそれ多くて」

「旗本のわたしに言えぬ理由で、金が必要だったのか」

「いえ、働いていた店が夜逃げをしてしまい、その日の米も買えないありさまに。女房には苦労をさせたくなくて、すぐ返すつもりで、米代を借りてしまったのです」

「それが、五両に膨れ上がったのか」

「仕事が見つからず、つい……」

「重ねて借りたのだな」

「はい」

「元金は五両ではあるまい。実際はいくら借りたのだ」

「一両です」

「いくら返している」

「二両は、返しました」

「それでも五両になったのか」

「返せない時もありましたもので」

高すぎる利息に、志崎はため息をついた。

「どうせ、そんなことだろうと思った。女房は、どこにおる」

「子分の音松がまかされている、料理屋にいます」

どうせまともな商売をしていないはず。

そう思った志崎は、女房の身を案じた。

「場所を教えろ」

寝間着の帯を解く志崎を見た新三が、慌てた。

「旦那様、何をなさるおつもりで」

「決まっておる。女房を取り返しに行くのだ。菊代、着替えを持ってまいれ」

中から応じる声がし、菊代が障子を開けた。

小袖《こそで》に袴《はかま》、黒羽二重《くろはぶたえ》を着けて身支度を整えた志崎は、案内すると言う新三を残し、屋敷を出た。

向かったのは、深川の海辺だ。

岸まで行った時には、東の空が明るくなり、風が強い海は、白波が立っていた。

音松がまかされている料理屋は、海辺に並ぶ建物の一角にある。

数ある店の中で、看板を掲《かか》げていないのは、新三が教えてくれたとおり一軒だけだった。

海側が裏手とも聞いている志崎は、風よけの板塀の横を進み、塀の隙間《すきま》から中の様子を探った。

背後で足音がしたので振り向くと、やくざ風の男たちが来た。志崎は去ろうとしたが、現れた二人の侍が行く手を塞《ふさ》いだ。

志崎は、その侍たちのことを知っている。

赤鞘《あかざや》の男は市田甚六《いちだじんろく》。鮫鞘《さめざや》の男は室井孝史《むろいたかし》。二人とも、本所深川界隈《かいわい》では悪名高い御家人だ。

剣の達人でもあり、特に市田は抜刀術《ばっとうじゅつ》に優《すぐ》れ、室井共々、何人もの剣客を倒しているという噂《うわさ》を、志崎は耳にしている。

志崎は、そんな二人を睨んだ。

「貴様ら、藤左衛門の手先になり腐っておるのか」

するとと市田甚六が、鋭い目をして一歩前に出た。

「なんとでも言え。新三が、ここのことを言ったのだな」

「そうだ」

「ふん、思ったとおりだ。貴様を頼るとおれは見ていた。大黒などと呼ばれていい気になっている貴様のことだ、頼られればお節介《せっかい》を焼きに来るだろうと、こうして待ち構えていた」

血に飢えたような目つきに、志崎は臆《おく》さず返す。

「悪い目をしておるな。貴様、まだ辻斬《つじぎ》りをしているのか」

すると市田甚六が、唾《つば》を吐き捨てた。

「しばらく前に、手に入れたばかりの新刀を試そうとしたが、思わぬ邪魔が入ってできなかった」

「悪い癖はやめたらどうだ」

志崎が言うと、市田甚六は鼻先で笑う。

「旗本のくせに金を貸して儲ける貴様よりは、武家らしかろう。けしからぬ貴様を斬り、新刀の切れ味を試してくれる」

市田甚六が赤鞘の鯉口《こいぐち》を切り、抜刀術の構えをした。

剣技に自信がない志崎は緊張し、柄をつかんで下がった。後頭部を殴られたのはその時だ。激痛と目まいに耐えて振り向くと、棒を持った音松が、勝ち誇《ほこ》った顔で立っていた。

「き、貴様……」

志崎は、そこまで言うと、気を失った。

倒れた志崎を見おろした音松が、市田甚六に言う。

「旦那、おっしゃるとおりにしやしたが、こんな野郎はとっとと斬ってしまえばいいのに、どうして生け捕りにされるんです。親分が怒りますぜ」

すると、市田甚六の前に出た室井が言う。

「藤左衛門とて、息子を人質にして、こ奴をおびき寄せようとしたではないか」

「その手間が省《はぶ》けたから、ここで殺しちまおうと言ってるんでさ」

「まあ焦るな。こ奴が貯め込んでいる金をいただかない手はない。藤左衛門にはおれが言っておくから、お前は、これから言うとおりに動け」

「何をすればよろしいので」

「志崎を殺すと妻を脅し、五百両持ってこさせろ。志崎の妻は器量がよいゆえ、色好みの金持ちに売り飛ばし、そこでまた儲ける。そのあと志崎を海へ沈めてしまえば、藤左衛門の邪魔者はいなくなる。この筋書きでどうだ」

室井がほくそ笑むと、音松も悪い顔で笑い、引き受けた。

四

西ノ丸からくだった左近は、町の発展のために連日多忙を極めているお琴の邪魔をせず、今日も大川を渡った。

昼から一人だけで、白石の講義を受けていた左近は、学問の疑問をぶつけた。

ところが白石は、うわの空で耳に入らない様子だ。

「白石殿」

声をかけると、白石は、はっと左近を見た。

「申しわけございませぬ」

「何か心配ごとか」

白石は戸惑う様子を見せたが、申しわけなさそうに言う。

「実は今日、志崎殿が朝の講義を無断で休んだのです。このようなことはあまりないので、急な病にでもなったのか、あるいは、また何か厄介ごとに巻き込まれたのではないかと、気にしておりました。何せ、顔の傷のことがありましたから」

そう言われると、左近も気になってきた。

「では、帰りに寄ってみよう」

すると白石が、急《せ》いたような顔を向けてきた。

左近が唇《くちびる》に笑みを浮かべる。

「今から行ってみるか」

揃って私塾を出た二人は、志崎の屋敷の門をたたいた。

潜《くぐ》り戸《ど》を開けて顔を出した下男らしき者に、白石が尋ねる。

「そなたは新しい顔だな。新三か」

「はい」

答えた新三は、不安そうな顔で訊く。

「どちら様でございますか」

「新井白石だ。こちらは新見左近殿。志崎殿が講義に来られぬから、寄ってみた。ご在宅か」

新三はすぐには答えず、浮かぬ顔をしている。

白石が問う。

「どうした、何かあったのか」

「どうぞ、お入りください」

先に入る新三に続いて戸を潜った左近は、白石と二人で、案内に従い裏庭に向かった。

母屋《おもや》から男の声がした。煙草《たばこ》と酒焼けした、耳障《みみざわ》りな声だ。

手入れが行き届いた裏庭をさらに進むと、母屋の縁側に腰かけ、座敷に正座する妻女に向いてしゃべっている商人がいた。

左近は白石と新三を止め、物陰からうかがった。どうも様子が変だと思ったのだ。

「質屋です」

そう教える新三に、左近はうなずいた。

質屋は、広げた女物の着物を手に持ち、品定めをしている。

黙って見ている菊代に、志崎から聞いているような明るさはない。

左近たちに見られていることに気づかない質屋が、巾着袋《きんちゃくぶくろ》から小判を出し、数えて廊下に置いた。

「すべて引き取らせていただいて、十五両でしょうか」

菊代は、焦った顔で質屋に言う。

「百五十両どうしてもいるのです。足りないぶんは、貸してもらえませぬか」

「いやぁ、困りました」

菊代は両手をついた。

「お願いします、必ず返しますから」

質屋は首をかしげる。

「申しわけないですが、手前は金貸しはしておりません。他に品があれば、拝見しますよ」

立とうとした菊代は、左近と目が合った。白石がいることにも気づき、動揺した様子となり、質屋に言う。

「今日はこれで結構です。お帰りください」

「よろしいので」

小判を引き取った菊代は、質屋を帰らせようとしている。

見かねた様子で、白石が駆け寄った。

「質屋など頼って、いったいどうしたのです」

菊代は部屋の中を気にして、何も言わない。

白石に続いていた左近は、襖の隙間に動きがあるのを見逃さない。

うつむいている菊代に、左近が小声で言う。

「誰かに脅されているのか」

顔を上げた菊代は激しく首を横に振り、質屋を促す。

「早く荷物をまとめて、お帰りください」

質屋は、はいはいと答え、急いで着物を包みにかかった。

そこで白石は、質屋が縁側に置いていた紙と筆を取ってしゃがみ、

「新見殿が必ずお助けくださる」

と走り書きし、しゃがんだまま菊代に向けた。

だが菊代は、それにも答えず、質屋を急がせた。

荷物をまとめた質屋は、白石に手を差し出し、紙と筆を返してくれ、という顔で微笑む。

白石が渡すと、質屋は頭を下げ、いそいそと帰っていった。

菊代が立ち上がり、左近と白石に言う。

「主人は風邪《かぜ》をひいて寝込んでいますから、今日はご遠慮ください」

白石が追いすがろうとするのを、左近が止めた。

菊代は障子を引き寄せ、閉め切る前に、左近を見た。

向けられたのは、助けを求める眼差しだ。

見逃さない左近は、白石に告げる。

「風邪だと申されるのだから、今日は帰ろう」

「しかし……」

「さ、帰るぞ」

左近は白石の言葉を制して背中を押し、表門に向かった。

母屋では、襖を開けて出てきた音松が、別の部屋に行き、格子窓《こうしまど》から左近たちを見ていた。

門から出るのを確かめた音松は、菊代がいる部屋に戻った。菊代が虎太郎を抱いているのを見て、舌打ちする。

「坊主、出るなと言っただろう」

虎太郎は母に抱きつき、音松を睨んだ。

まあいいや、と言った音松が、菊代の前であぐらをかいた。

「今のは誰だ」

「夫が学問を師事しているお方です。お連れの方は、存じませぬ」

「学問か。悠長《ゆうちよう》なこった。でもまあ、言わなかったのは正解だ。言えば、亭主の命はないからな。そいつをよこせ」

菊代が差し出す小判を受け取った音松は、片手で広げて数える。

「五百両までは、百と三十五両足りねぇな。どうするよ」

「それですべてです。もうどうやっても用立てられません。誰にも言いませんから、主人を返してください」

懇願《こんがん》する菊代に、音松は畳に両手をついて膝を滑らせ、顔を近づけた。

菊代は、虎太郎を背中に回してかばった。

音松は、菊代の膝に手を伸ばす。

「なんなら、この身体で払ってもいいんだぜ」

菊代は手を払い、袋から出して忍ばせていた懐刀《ふところがたな》を抜いた。

音松が、あっ、と言って離れ、手のひらを向ける。

「待て、やりすぎた、悪かった。お前さんと息子には指一本触れないから、刃物をしまえ。な、落ち着け」

「下がりなさい」

音松は立ち上がり、障子を開けて言う。

「明日の夜までに金を揃えておけ。駕籠《かご》を迎えに来させるから、一人でそれに乗るんだ。心配するな、欲しいのは命じゃない。志崎のせいで損をした金を、取り戻したいだけだ。これも置いておく。きっちり五百両揃えて待っていろ。わかったな」

承諾するしかない菊代は、うなずいた。

安堵の息を吐いた音松は、十五枚の小判を畳に置き退散した。

屋敷から出てきたやくざ風を見た左近は、白石を促し、捕らえるために歩みを進めた。

気づいた音松は、

「しつこい野郎だ」

と舌打ちし、走って逃げた。

追う左近。

町中に逃げた音松は、菜飯屋《なめしや》に入り、小女《こおんな》をどかせて勝手に奥へ行き、裏口から出た。

左近と白石も追って入り、小女が指差す裏から出たが、行《ゆ》き交《か》う人混みの中に、覚えのある青地に黒の縞《しま》の着物は見えない。

人混みに紛《まぎ》れて、逃げられてしまったのだ。

それでも町中を捜していると、小五郎が現れた。

「申しわけございません。追いましたが、見失ってしまいました」

「逃げることに慣れているようですね」

そう言う白石に、左近はうなずく。

「志崎の屋敷に戻ろう」

左近が引き返すと、小五郎は離れ、人混みに紛れた。

ふたたび志崎の屋敷を訪ね、新三に取り次がせた。

待っていると、程なくして、菊代が出てきた。

白石が問う口を止めるように、菊代が先に言う。

「当家のことですから、どうぞお引き取りください」

「しかし奥方……」

白石が食い下がったが、菊代は頑《かたく》なで、頭を下げると潜り戸を閉めてしまった。

門前払いされ、

「どうにも心配だ」

と白石がため息をつく。

左近は、案ずるなとばかりに白石に言葉をかける。

「小五郎に探らせる。ここは一旦離れよう」

応じた白石と共に、左近は門の前から立ち去った。

中で待っていた新三は、戻った菊代から、白石が偉い人だと教えられ、閉ざされた門を見た。

「助けを求めます」

止める菊代の言うことを聞かず、外に出た。左近と白石は、屋敷の角を曲がるところだった。

新三は走った。角を右に曲がると、左近と白石は町に向かっていた。追いつこうと走っていると、目の前に、赤鞘の市田甚六が現れ、道を塞いだ。

顔を知っている新三は息を吞《の》み、逃げようとした。だが、市田甚六は目の前に迫り、抜く手も見せず刀を一閃《いっせん》する。

新三を見もせず片笑《かたえ》む市田甚六は、刀を鞘に納めて走り去った。

立っていた新三は、呆然《ぼうぜん》と、熱い己の腹を見おろした。帯と着物が割れ、黒い染みが広がっている。押さえた両手には、真っ赤な血がついた。

断末魔《だんまつま》の悲鳴を聞いた左近は、振り向いた。すると、赤鞘の侍が走り去るのが目に映《うつ》った。

立っていた者が倒れるのを見た左近は、白石と道を戻った。

白石が言う。

「や、新三ではないか」

小五郎が左近を追い越し、顔を向けてきた。左近がうなずくと、逃げた赤鞘を追って走る。

白石は、新三を抱き起こした。

「おい、しっかりしろ。やったのは誰だ」

呻《うめ》いた新三は、白石の腕をつかんだ。

「い、市田、甚六。わたしの、せいで、志崎様が……」

苦しみながらそこまで言ったところで、全身の力が抜けた。

新三から顔を上げた白石が、見ている左近に、悔しそうに首を横に振った。

市田甚六を追った小五郎は、辻を左に曲がった。堀端の道に入った時、目の前に立っていた市田が不敵な笑みを浮かべ、猛然と迫り、抜刀術で襲う。

小五郎は咄嗟《とっさ》に後転し、切っ先をかわした。

市田甚六が睨む。

「貴様、忍びか」

無言で身構える小五郎に、市田甚六が斬りかかる。

繰り出される凄《すさ》まじい太刀筋《たちすじ》に、小五郎は押され、たまらず屋根の上に逃げた。

「人殺しだ！」

声があがったのはその時だ。

町の者が、何度も叫んで人を呼んでいる。声を聞いた町役人《ちようやくにん》たちが、どこだ

と言って走ってくる。

市田甚六は舌打ちして小五郎を睨み、走り去った。

小五郎は屋根伝いに追おうとしたが、足に痛みが走り、止まった。太ももを斬

られていることに気づいたが、それでも追おうとして足を運ぶ。だが、そのわず

かなあいだに、市田甚六は逃げ去っていた。

五

逃げた市田甚六は、森下にある藤左衛門の家に入った。

室井がおり、藤左衛門と音松と酒を飲んでいる。

戻った市田甚六に、室井がお前も飲めと言い、杯を差し出した。

市田甚六は刀を置いて座り、喉の渇きを酒で潤した。

藤左衛門が、渋面《じゅうめん》を向けて言う。

「旦那、人をお斬りになりやしたね」

二杯目を飲んで口を拭う市田甚六は、見透《みす》かす藤左衛門を睨んだ。

「新三を始末した」

藤左衛門は眉をひそめ、眼光を鋭くする。

「おれがいつ、殺せと言った」

金で支配されている市田甚六は、藤左衛門の怒りに触れて焦り、杯を置いて言う。

「これにはわけがある。音松、志崎を訪ねた二人は何者だ」

話を向けられた音松は、身を乗り出す。

「今もそのことを話していたところです。志崎が師事している学者と、ただの浪人ですよ」

「お前、あの二人に追われたことを言ったのか」

「もちろんです。ああいうのは慣れていますし、まいてやりましたから、どうってことはありやせん」

楽観し、余裕綽々《よゆうしやくしやく》で言う音松は、酒を飲んで唇を舐めた。

市田甚六が睨む。

「ただの浪人と学者が、忍びを使うものか」

そう言われて、音松がいぶかしむ。

「ええ？　どういうことです」

「お前が帰ったあと、おれは志崎の屋敷を見張っていたのだ。するとあの二人が戻ってきた。菊代は夫のために追い返したが、新三が二人を頼ろうと出てきたのだ」

そこまで言った市田甚六が、藤左衛門を見て言う。

「だから斬った、口封じにな。その場から逃げていた時に、忍びらしき者が追ってきたのだ」

不機嫌なままの藤左衛門は、そばにいる音松の頰をたたいた。

「とっとと志崎の野郎を沈めちまえばいいものを、欲をかきやがるからこんなことになるんだ。この始末、どうつける気だ」

音松は反抗する目を向けたが、それは一瞬のことだ。すぐに目を伏せ、何も言えなくなる。

「まあそう怒るな藤左衛門」

黙っていた室井が座を取りなす。

「筋を書いたのはこのおれだ。この本所深川には、志崎のように城から遠ざけられた旗本や、おれたちみたいなろくでなしもいる。浪人もな。そこそこ身分があった者ならば、忠義に厚い忍び崩れが見限らずついていることもあろう。そういう輩《やから》は、薄っぺらい正義を振りかざして悪党を捕らえ、名をあげて仕官の口を得ようとしているのだ。おれはそういう野郎を見ると、反吐《へど》が出る。志崎を助けようとしているなら、共に海に沈めてやるまでだ。恐れることも、怒ることもない。明日を楽しみにしていろ」

飲め、と酒をすすめられた藤左衛門は酌を受け、音松に言う。

「たたいて悪かったな」

「いえ」

「新三の女房は用なしだ。今日にでも始末しろ」

「わかりやした」

「明日はおれも行く。市田の旦那、さしあげた新刀の切れ味はどうでした」

市田甚六は、赤鞘の刀をつかんで顔の前に立て、にたりと笑う。

「よう切れる」

藤左衛門は、先ほどとは別人のように、穏やかな顔でうなずく。

「それはよかった。明日も頼みますよ」

「うむ」

応じる市田甚六と目を合わせた室井が、藤左衛門に言う。

「このことが終われば、お前の邪魔をする者はおらぬ。しっかり儲けてくれ」

藤左衛門は悪い顔で笑い、酒をすすった。


菊代は、昼間のうちに、家にある壺《つぼ》や掛《か》け軸《じく》を売りに古道具屋を訪ね、夕方近くになってようやく、五百両という大金を揃えることができた。

恥《はじ》も捨て、夫のために頭を下げて回った菊代は、これで夫は生きて帰る、お家は安泰《あんたい》だと安堵した。

金を取られても、命があればいくらでもやりなおせる。

そう思い懸命に集めた五百両を布に包んでいると、下女のおかるに手を引かれた虎太郎が来た。

菊代は金を後ろに隠し、申しわけなさそうに目を伏せているおかるに、問う顔を向けた。

若いおかるが、頭を下げる。

「どうしても、お母上のところに行きたいとおっしゃるもので」

言い終えぬうちにおかるの手を離れた虎太郎が、母に駆け寄って抱きついた。

菊代はきつく抱いてやり、背中をさすりながら言う。

「心配なのね、でも大丈夫。お父上は今夜お帰りになりますし、怖い人も、もう来ませんから安心なさい」

それでも虎太郎は、母から離れようとしない。

菊代は笑った。

「これ、虎太郎。お父上の言葉をお忘れですか。留守を預かるのが長男たるそなたの役目。母はこれから、お父上を迎えに出かけますから、お前は、おかるを守って待っていなさい」

虎太郎は素直に応じて、母から離れると、おかるのところに戻った。

菊代はおかるに、真剣な面持ちで言う。

「虎太郎を頼みます」

おかるは応じたものの、新三が殺されたことを町役人から聞いているだけに、不安そうな顔をしている。

菊代が微笑むと、おかるは承知して頭を下げた。

「どうか、ご無事で」

「大丈夫。必ず二人で戻りますから」

菊代の言葉にようやくおかるも微笑み、虎太郎を連れて奥の部屋に戻った。

音松が来たのは、日が暮れて半刻（約一時間）が過ぎた頃だった。

勝手に入った音松が、菊代が待つ部屋の縁側に現れ、裏に駕籠を待たせていると告げる。

応じた菊代が、五百両の包みを持とうとしたが、重い。

「無理して腰でも痛めたら大変だ。あっしが持ちますよ」

音松が優しい口調で言い、上がってきた。

この時になって、菊代は疑問に思った。

「どうして、夫を連れてこないのです。ここで渡せば、それですむのではないですか」

包みを抱えた音松が、莞爾として笑う。

「おっしゃるとおりですがね、親分はお武家屋敷が苦手なのですよ。お二人に、今後のことを相談したいそうで、足をお運び願います。さ、急ぎましょう」

先に出る音松を追い、裏門から出ると、横付けされた町駕籠のそばには、やくざ風の男が二人待っていた。

音松が簾《すだれ》を上げ、乗るよう促す。

御高祖頭巾姿《おこそずきんすがた》の菊代が駕籠に収まると、音松が小判の包みを膝に置いた。

重い五百両を両手で押さえ、駕籠に揺られて町中を進んだ。

下ろされた簾で、外を見るのもままならない。しばらくすると、磯《いそ》の香りがしてきた。

菊代を乗せた駕籠が向かう先は、志崎が捕らえられた海辺の店だ。

海側から庭に入った駕籠は、雨戸が開けられている部屋の前で下ろされ、音松が簾を上げた。

四つの燭台《しよくだい》に灯《とも》された蠟燭《ろうそく》の明かりが、暗い駕籠の中にいた菊代の目にまぶしく映る。

音松が小判をよこせと言うのに従い、菊代は手を離した。

駕籠から降り立つ菊代の目が捉《とら》えたのは、明るい部屋に座している三人の男。

二人の侍は、菊代を見ると立ち上がり、部屋から出ていった。

残った中年の男が、欲深い顔に気持ち悪い笑みを浮かべ、手招きした。

音松が、動かぬ菊代に言う。

「親分がお呼びだ。上がりな」

菊代は男を見据《みす》えた。

「あなたが藤左衛門ですか。約束どおり五百両渡しました。夫を返しなさい」

すると男は、恐ろしい顔つきになった。

「まあ、お上がりなさい」

菊代が応じぬと、音松が腕をつかんだ。

「親分が上がれと言ってるんだ、早くしろ」

態度を一変させ、荒々しく引かれた菊代は、手を放そうとしたが、男の力に負けて引きずられ、藤左衛門の前に連れていかれた。

頭巾を剝《は》ぎ取られた菊代に、藤左衛門は身を乗り出す。

「ほぉう、なかなかの器量だ」

睨んだ菊代は、懐刀を抜いた。

「夫と会わせなさい」

「おいやめろ」

音松が押さえようとしたが、菊代は懐刀を振るった。

手を斬られた音松が、目を見開いて怒気《どき》を浮かべる。

「てめえ！」

顔をたたこうとした音松に、菊代は切っ先を向けて制した。

「手を出すな」

藤左衛門が音松を止め、廊下にいる子分に、志崎を連れてくるよう命じた。

応じた子分二人が去り、程なく、志崎が庭に連れ出された。

ひどく痛めつけられ、顔が前にも増して赤黒く腫《は》れているのを見た菊代は、駆け寄ろうとした。

だが、障子の陰から現れた市田甚六が、驚く菊代の腹に、当て身を入れた。

急所を突かれた菊代は息ができなくなり、気を失った。

倒れる菊代を抱き止めた市田甚六が、やめろと叫ぶ志崎を見てほくそ笑み、藤左衛門のところへ抱えていくと、横に寝かせた。

手を縛られる菊代を見つつ、色白の頬をなで、露《あら》わになっている足首を触る藤左衛門。

志崎は、痛々しい顔で叫び続けている。

「うるさい奴だ、黙らせろ」

藤左衛門が言うと、市田甚六が抜刀した。

「待て、こいつはおれが斬る」

そう言ったのは、庭に出ていた室井だ。

鮫鞘から刀を抜き、志崎の眼前に刀身を突き出した。

「安心しろ、貴様の妻は生かす。と言うても、これからの人生は地獄であろうがな。恨《うら》むなら、己を恨め。旗本のくせに金貸しをいたし、大黒の旦那などと呼ばれていい気になっていたお前が悪い」

志崎は、血走った目を室井に向ける。

「わたしはどうなってもいい。妻だけは、許してやってくれ」

「だめだ。我らのことを知ったからには、表の世界で生かすことはできぬ。それに、もう買い手がついておるのだ。先にあの世で待っておれ」

「先に行くのは貴様だ」

海側からした声に、室井がほくそ笑んだ顔を向ける。

「やはり来たか、顔を見せろ」

室井の言葉を合図に、子分たちが庭に篝火《かがりび》を焚《た》いた。

明かりに浮かぶのは、白地に銀の波模様。黒い帯に宝刀安綱を落とし差した、
新見左近だ。

室井が睨む。

「学者と、忍び崩れはどうした」

左近は答えず歩み出る。

「動くな。志崎の命が惜しければ、刀を捨てろ」

室井は刀身を転じ、志崎の喉に刃《やいば》を向けた。

それを見た音松が庭に跳び下り、室井にかわって、志崎の首に匕首《あいくち》を向けた。

室井が離れ、左近に切っ先を向ける。

「聞こえぬのか、刀を捨てろ」

左近は左手で安綱を鞘ごと抜き、同時に右手を振るい、小柄《こづか》を投げた。

空を切った小柄が、勝ち誇った顔をしていた音松の眉間を貫《つらぬ》く。

声もなく、仰向《あおむ》けに倒れた音松。

志崎は腕を縛られたまま地面を転がり、室井から離れた。

目を見張った室井が刀を振るったが、志崎には届かなかった。

「おのれ！」

志崎に刀を振り上げる室井に、左近が猛然と迫る。

室井が跳びすさり、左近に刀を向けた。

安綱を抜いた左近は、庭に下りた市田甚六を鞘で制し、右手ににぎる安綱は室井に向けたまま油断なく足を運び、座敷に背を向ける位置取りをした。

左近は、座敷にいる藤左衛門に言う。

「貴様らの悪事もこれまでだ」

藤左衛門は、怒りに満ちた顔をした。

「何をしている、早く斬れ」

言われた市田甚六が出ようとしたが、左近が厳しい目を向けて制した。

「そちとは、いつぞや会《お》うたな」

玉井屋から帰る途中の権八を襲った男。

そう確信した左近が言うと、市田甚六は睨む。そして、不敵な笑みを浮かべた。

「思い出した。試し斬りの邪魔をした野郎か」

「やはり貴様であったか。ではなおのこと、逃さぬ」

「ふん」

市田甚六は余裕の顔で対峙《たいじ》し、室井に言う。

「こいつはおれがやる。手を出すな」

応じた室井は下がり、刀を鞘に納めた。

市田甚六は左近に近づき、抜刀術の構えをした。

左近は一歩引いて間合いを空け、油断なく鞘を捨てて正眼《せいがん》に構える。

そのわずかな隙を逃さず、市田甚六が動く。無言の気合をかけ、抜く手も見せず刀を鞘走《さやばし》らせ、真横に一閃する。

左近は太刀筋を見切り、刀身をやや下げたのみで受け、刃を滑らせて相手の手首を狙う。

柄から右手を離してかわした市田甚六が、己の抜刀術が通じぬことに苛立《いらだ》ち、
次こそは斬る、と叫び、離れて鞘に納める。

左近は鞘を拾い、安綱を納めて帯に差した。鯉口を切り、抜刀術の構えをする。

市田甚六が睨んだ。

「こしゃくな」

両者間合いを詰めた。抜けば届く、死の間合いだ。

一拍後に、両者同時に抜く。刃と刃がぶつかり、軽い金属音がした。

左近はすぐさま刀身を転じ、袈裟《けさ》斬りに打ち下ろした。だが、紙一重《かみひとえ》でかわされ、市田甚六は大きく跳びすさって間合いを空けた。

屈辱《くつじょく》に顔を歪めた市田甚六の右手には、半分から先が折れた刀がにぎられている。

「安物をよこしおって」

怒りをぶつけられた藤左衛門は、頬を引きつらせている。

「下がっていろ」

告げた室井が、市田甚六の前に立ち、左近に向けて正眼に構え、猛然と迫った。

「えい！」

裂帛《れっぱく》の気合をかけて打ち下ろされる一刀を、左近は安綱で弾《はじ》いた。

その剛剣に、室井が驚いて下がる。そして、改めて正眼に構えた。

左近は室井を見据えて正眼で応じ、安綱の刀身を峰《みね》に返した。

室井が下段に転じ、一足飛《いっそくと》びに迫った。

斬り上げられる一撃を下がってかわす左近。空振りした室井は、返す刀で袈裟斬りに打ち下ろした。

隙を見逃さぬ左近は、安綱を幹竹割《からたけわ》りに打ち下ろす。

空振りした室井は、右肩を峰打《みねう》ちされ、骨が砕《くだ》ける音がした。

「ぐああ」

呻いた室井は刀を落とし、だらりと腕が下がる右肩を左手で押さえて倒れた。

しばらく苦悶《くもん》していたが、痛みに耐えかね、気を失った。

左近が座敷を向くと、藤左衛門は子分をつかんで前に出した。

「奴を囲め。斬り刻《きざ》んで魚の餌《えさ》にしろ！」

音松を失って殺気立つ子分たちが、左近の背中に斬りかかった。だが、見もせず刃をかわした左近が、つんのめる子分の背中を峰打ちし、一撃で倒す。

あまりの強さに、斬りかかろうとしていた子分たちは下がった。

焦った藤左衛門は、意識を取り戻し、縛られている身体をくねらせる菊代に顔を向けた。菊代を楯《たて》に、左近を脅すことを思いついた藤左衛門は、子分から得物《えもの》を奪い、菊代に近づく。その目の前に、女が現れた。

を蹴った。

忍《しの》び装束《しようぞく》をまとうかえでは、ぎょっとする藤左衛門を睨むや否《いな》や、右足で顔を蹴った。

飛ばされた藤左衛門は襖を突き破り、隣の部屋で気を失った。

それを見た子分たちは、恐れるどころか怒り、左近を囲む。

その子分たちの背後から現れた黒装束の四人が、子分の頭上を軽々と跳び越えた。そして左近を守って囲み、忍び刀を構えて対峙する。

「やっちまえ！」

子分の誰かが叫び、左近を守る小五郎の配下たちと斬り合いになった。

子分の数が多く乱戦になる中、足を痛めている小五郎が現れ、左近を守る。

小五郎の配下も強者《つわもの》揃いだ。子分たちの攻撃をものともせず、次々押さえ込んでいく。

かえでに助けられた菊代に志崎が駆け寄り、抱き合った。

見ていた左近は、志崎に笑みを向けられ、微笑んで応じる。

小五郎が叫んだ。

「一人逃げます」

どさくさに紛れて室井の刀を拾っていた市田甚六は、裏口に向かっていた。小五郎が気づくと舌打ちし、走って出る。

足をかばって追う小五郎に、左近も続いて走る。

だが、通りに出ても姿はなく、見失ってしまった。

そこへ志崎と菊代が来た。

「新見殿、お助けいただきかたじけない」

夫婦で頭を下げられ、左近はうなずく。

「無事でよかった」

「しかし新見殿、驚いた。一味を捕らえた者たちを見るに、貴殿は浪人とは思えない。いったい、何者だ」

正体が徳川綱豊だと知れば、付き合いが今までとは一変すると感じた左近は、

「おぬしが知っている浪人だ。この者たちは、忠義に厚いのだ」

とごまかすように答える。

疑う目を向ける志崎に、左近は一人逃げたことを伝えた。

すると、志崎が言う。

「奴は、御家人の市田甚六だ。屋敷に行くなら案内する」

「素性がわかれば、目付役《めつけやく》が捕らえてくれる。小五郎、藤左衛門と一味を奉行所

に連れていき、市田甚六のことも伝えてくれ」

「承知しました」

左近は、海辺の店に戻る小五郎を見送り、志崎に言う。

「屋敷まで送らせてくれ」

「ありがたい。お礼に、一杯ご馳走させてくれ」

「酒は、またの楽しみにしよう」

左近は微笑み、夫婦を守って屋敷へ急いだ。


まんまと逃げおおせた市田甚六は、抜き身の刀を右手に提《さ》げたまま町中を歩き、追っ手がないのを確かめると、屋敷に足を向けた。

「浪人にしてやられるとは、おれもまだまだだ」

室井の刀を忌々《いまいま》しげに見て独りごち、屋敷がある通りに入った。

表門の前まで戻った時、反対の路地の角から、編笠《あみがさ》を着けた浪人風が出てくるのに気づき、足を止める。

刀をにぎりなおして警戒の眼差しを向けていると、浪人は立ち止まり、編笠の端を持って顔を上げた。

年の頃は二十歳《はたち》前後か。

まだ若い男に、市田甚六は鋭い目を向ける。

「なんだ貴様は」

「いちだ家のあるじか」

そう問われ、市田は刀を向ける。

「何者だ」

問い返すと、

「否定せぬは、いちだだな」

編笠の浪人は決めつけ、鯉口を切った。

市田甚六は睨む。

「おれは今、不機嫌だぜ」

市田甚六はそう言うや否や、浪人に斬りかかった。

若者は一足飛びに、市田甚六の間合いに飛び込む。両者すれ違い、若者は、右手ににぎる刀を一度血振《ちぶ》るいし、鞘に納めた。

その若者の背後で呻いた市田甚六が、足から崩れるように倒れた。

一刀で倒した若者は、編笠の端を持って市田を見おろし、足早に離れていった。

第三話　恨《うら》みの剣

一

江戸市中の両替屋は連日、慶長金銀を交換する者たちの行列ができていた。

ここ飯田坂《いいだざか》（のちの九段坂《くだんざか》）下の、狭い通りにある両替屋も他と同じで、順番を待つ人の長い列が見える。

用心棒に守らせ、大金を持参している大店《おおだな》のあるじもいれば、懐《ふところ》になけなしの金を忍ばせているのか、胸元に手を当てて、落ち着かぬ様子の男もいる。待つあいだ、話に夢中になる女たち。伏し目でたたずむ、どこか陰がある女。そんな者たちが、通りの往来を妨《さまた》げるほどの行列を作っている。ほとんどの者が、行列の先に首を伸ばして見るばかりで、周囲の迷惑を気にする様子はない。

そんな中、行列の後ろから、

「どけ！」

「邪魔だ！　端へ寄らぬか！」

迷惑そうな声をあげたのは、旗本の供侍たちだ。

二人の供侍は、行列の後方に並ぶ町人たちを叱《しか》り、道を空けさせて進む。露払《つゆはら》いをさせたのは、苦み走った顔のあるじだ。身なりからして旗本のため、どけと言われた町人たちは、慌《あわ》てて道を空け、頭を下げている。

家路を急ぐ三十代の旗本は、目の前に飛び出してきた幼子《おさなご》を叱りはじめた供侍に、怒気《どき》を浮かべた。

「ええい、構うな。日が暮れる、急げ」

叱られて泣く幼子を一瞥《いちべつ》した旗本は、細い通りを抜けた。

飯田坂をのぼり、武家屋敷が建ち並ぶ番町《ばんちょう》まで帰ったところで、供侍の一人が先に走り、通りの先を警戒している。

寡黙《かもく》に歩いて戻った旗本は、自邸の漆喰壁《しっくいかべ》の塀が見えたところで一度振り向き、通りに目を走らせた。

「今日も出ぬようだな」

この旗本が気にしているのは、近頃噂《うわさ》になっている人斬りのこと。剣技に自信がないわけではないが、

「どうにも、気味が悪いことよ」

そう言い、自邸の門前に歩みを進めた。その時、向かいにある他家の土塀《どべい》の角から、人が現れた。

黒羽二重《くろはぶたえ》の袖《そで》に手を入れている若者は、門に急ぐ旗本の前を塞《ふさ》いだ。帰りを待っていたように思える。

先に行っていた供侍が駆け戻り、同輩と、若者の前後を挟む。

あるじの前に立つ供侍が、刀に手をかけて問う。

「用があるなら申せ」

若者は、旗本に目を向けた。

「いちだ家のあるじか」

腕に覚えのある供侍は、高圧な態度で臨《のぞ》む。

「おい若造、礼儀を知らぬのか。用があるなら、まず名乗れ」

若者はまるで、供侍が見えていないのかと思うほど、旗本から目を離さない。

供侍がその視線を妨げようとしたが、旗本が手を差し伸べて止め、若者に言う。

「いかにもそうだが、そなたの名は」

若者の顔に幼さが残るせいか、油断して答えたいち、、、だ某《なにがし》。下の名まで問わぬ若者は、無言で迫る。

湧《わ》き上がる気迫に、供侍は目を見張り、慌てて刀を抜いた。だが、若者の動きは速い。

供侍が刀を振るう前に足を浅く斬って動きを封じ、背後から斬りかかった二人目の供侍の一撃を、見もせずかわした。

空振りした供侍は、あるじを守って若者と対峙《たいじ》する。

正眼《せいがん》の構えで若者に迫り、

「えい！」

袈裟《けさ》斬りに打ち下ろす。

その切っ先を、左に足を運んでかわした若者は、同時に、鋭く刀を振るっていた。

右の手首を浅く斬られた供侍は、痺《しび》れる右手を刀から離し、左手のみで振るおうとした。だが、刀をたたき落とされて胸を蹴られ、漆喰壁まで飛ばされた。

頭を強打して倒れる供侍を見もしない若者は、当主に切っ先を向けている。

若者の凄《すさ》まじい剣に息を呑《の》んだ当主は、顔を引きつらせて問う。

「わたしに、なんの恨《うら》みがあるというのだ。なぜ狙う」

「江戸のいちだを滅《ほろ》ぼす」

若者は、恨みを込めた声音《こわね》でそう言った。

強い信念に対し、当主は言う。

「待て。わたしには、恨みを買う覚えはない。当家は一番の一に、多勢の多と書く。名は真経《さねつね》。人違いをいたすな」

「漢字と名など、どうでもよい」

若者は引く気はないようだ。

一多《いちだ》は鯉口《こいぐち》を切り、

「愚《おろ》か者《もの》め」

悲しい顔で言うと抜刀《ばっとう》し、下段に構えた。

隙《すき》のない構えは、念流《ねんりゅう》を極める一多が編《あ》み出した、必殺技を繰り出すためのもの。

若者は、気が一変した一多を前に臆《おく》するどころか、恨みに満ちた眼差しを向け、脇構えに転じる。

一多は下段のまま、間合いを詰めていく。そして、右手のみで、地面すれすれに切っ先を滑らせ、若者の足首を狙った。

若者は跳びすさり、斬り上げに転じた一多の刀を打ち払おうとした。だが、それが一多の誘い。

刀身を転じ、

「おう!」

気合をかけて大きく振るい、袈裟斬りに打ち下ろした。

若者はこれを受け止め、刃《やいば》がかち合う。

鍔《つば》迫《ぜ》り合《あ》いも一多の技の内。

まだ細身の若者を力で押し斬るべく、押さえ込みにかかる。

若者は、首を押し斬られるかに見えた。だが、若者は刀をすり流し、一多の前から横にずれ、跳びすさって間合いを空ける。

逃さぬ一多が追い、一太刀《ひとたち》浴びせようと刀を振り上げたその時、右足で着地した若者が、脚力を生かして前に跳んだ。

その動きはまるで、燕《つばめ》が方向を転じるほどの速さ。

一多が袈裟斬りに打ち下ろした時には、若者はすでに、一多の背後にいる。

胴を斬られた一多が、吐血《とけつ》して倒れた。

「殿！」

足を斬られて動けぬ家来が叫ぶのを尻目に、若者は走り去った。

二

この季節にしては珍しく、江戸に小雪が舞った。

新見左近は、久々にお琴の店を訪ね、にぎわいを聞きながら横になっていた。町の発展のために忙しくしていたお琴から、一段落したという知らせが来たため、西ノ丸をくだったものの、店は相変わらずの忙しさだ。

客が引けるまで、気楽にうたた寝をしていた左近であるが、梅の香りに誘われ、ふと目を開けた。

いつの間にか寝入っていたらしく、気づけば横にお琴が座り、こくり、こくりと船を漕《こ》いでいる。

店からは、およねの笑い声が聞こえてきた。

束《つか》の間《ま》の休息に来たお琴が、左近を起こさず座っていたものの、疲れが出たのだろう。

そっと起きた左近は、己の羽織《はおり》を引き寄せ、お琴の背中にかけてやった。

目をさまさぬお琴に左近は微笑《ほほえ》み、寝顔を見ていた。

およねが声をかけてきたので振り向き、人差し指を唇《くちびる》に当てて静かにさせる。

「左近様」

およねは驚いたような顔で応じて、手招きした。

そっと部屋を出ると、およねが小声で言う。

「かえでさんがいらっしゃって、岩倉《いわくら》様がお呼びだそうです」

「そうか」

左近は、お琴をそのままにしておき、着流し姿で外へ出た。

煮売り屋の前で待っていたかえでが、中に促《うなが》す。

店に他の客はおらず、岩倉具家《ともいえ》は、小五郎がいる板場のそばの長床几《ながしようぎ》に腰かけ、一人で酒を飲んでいる。

中に入った左近は、岩倉の横に誘われ、長床几に腰かけた。

杯《さかずき》を差し出され、酌《しやく》を受ける左近に、岩倉が言う。

「小五郎殿と話していたのだが、おぬしが隣におると聞いて呼んだ。久々に来たというのに、邪魔をしてすまぬ」

左近は首を横に振った。

「店が閉まるまで暇《ひま》だ。気にするな」

岩倉は、左近の酌を受け、一口飲んで折敷《おしき》に置き、顔を見てきた。

「小五郎殿から聞いたのだが、深川で悪さをしていた御家人の市田が、斬られたそうだな」

「うむ」

「逃がすとはおぬしらしくもないが、いちだ姓の者が狙われていることは、聞いておるか」

左近はうなずいた。

今日まで、いちだ姓の旗本と御家人合わせて三名が斬り殺されたことは、左近の耳にも入っている。志崎の一件に関わって逃げた御家人の市田も入れると、四人になる。

「殺された者の中に、知り合いがいたのか」

左近の問いに、岩倉は表情を曇らせた。

「実はそのことで、母が胸を痛めておられる」

聞けば、岩倉の育ての母香祥院《かしょういん》が、いちだ姓のあるじばかりを狙う斬殺事件を知り、育ての父、堀越忠澄《ほりこしただずみ》の盟友市田実清《さねきよ》の一子で、当代実頼《さねより》のことを案じているのだという。

実清は存命だが、持病を理由に隠居し、実頼は家督《かとく》を継いだばかり。城の役目があるため屋敷に籠《こ》もることもできず、不安な日々を過ごしているという。

左近は、胸を痛めた。

「心痛は身体によくない。香祥院様の憂《うれ》いを払拭《ふっしょく》するには、下手人《げしゅにん》を挙げるのが一番だが、探索が思うように進んでいないと聞いている」

岩倉が酒を飲み、左近に酌をしながら言う。

「影すらつかめておらぬのか」

「三日前、番町で斬殺された一多殿の家来が、恨みを込めた声で、江戸のいちだを滅ぼす、と言ったのを聞いたそうだ」

「なんの恨みか知らぬが、厄介《やっかい》だな」

左近は真顔でうなずいた。

「一多殿は剣技に優《すぐ》れていた。襲ったのはまだ若い男だったそうだが、一多殿がまるで相手にならなかったそうだ」

「何者だろうか。恨む者の苗字《みょうじ》しかわかっておらず、片っ端から斬るつもりなら、殺される者が増えるぞ」

「香祥院様から、市田実頼殿を守れと言われたのか」

　左近の問いに、岩倉は首を横に振る。

「実頼殿は、四人の剣客を召し抱え、用心棒にしているらしい。だが、いつ襲われるかわからぬ。柳沢に、早く捕らえろと言ってくれ」

「これだけ広まれば、柳沢殿とて、手をこまねいてはおらぬはずだ。おれが言うまでもなく、探索をしているだろう」

「町の様子を見る限りでは、そうは思えぬ。目につくのは換金の行列と、次々建《こん》立《りゅう》される寺社ばかりで、探索に走る役人の姿は増えておらぬ。柳沢は、金を増やすことで頭がいっぱいなのであろう」

　嫌味を並べる岩倉に、左近は苦笑いをするしかない。

「他では言うな」

「わかっている。わかっているが、換金の行列を見ていると、腹が立つ。質を落としてまで公儀が金を増やさねばならぬのは、綱吉と母御《ははご》の金遣《かねづか》いの荒さのせいであろう。五代将軍の座におぬしが就《つ》いておれば、このようなことは起きていなかったはずだ」

「それも、ここだけにしておけ」

「つまらん」

岩倉は少々酒に酔っている様子。

悪くなるばかりの口を止めるためか、小五郎がほうとうを持ってきた。

岩倉は黙って箸《はし》を取り、一口すすって目を丸くする。

「これは、旨《うま》いな」

「お口に合い、ようございました。我が郷里《ふるさと》の味です」

小五郎が笑って言い、左近と目を合わせて板場に戻った。

岩倉が小五郎に言う。

「左近にも出してやらぬか」

「おれはいい。腹が空いておらぬ」

そう言うと、岩倉が見てきた。

「お琴殿が待っておるのだな。邪魔をしてすまぬ」

「まだ仕事中だ」

岩倉がほうとうを食べようとした箸を止め、左近をまじまじと見つめる。

「悲しそうな顔をして、どうしたのだ」

「ふと、養父殿のことを思い出した。初めてほうとうを食したのは、養父殿とだったのだ。かの武田信玄《たけだしんげん》公も陣中で食べられた物だと、自慢げにおっしゃっていた」

興味ありげに聞いていた岩倉は、ふたたび箸を動かしながら言う。

「おぬしにとっては、懐かしい味というわけか。よい話を聞いた」

「おれのことより、今はどこで暮らしているのか」

左近は、佐田《さだ》道場の主宰《しゅさい》である雪美を手伝っている。雪美《ゆきみ》殿を手伝っているものだとばかり思っていたが、すぐに答えぬ岩倉の様子に、怪訝《けげん》な顔になる。

「いかがした」

「雪美殿は、江戸におらぬ」

「闇将軍の一件以来、共に暮らしているとばかり思っていたが……」

「母のせいだ。あれから、雪美殿は佐田道場を再開しようとし、わたしも手伝う気でいたのだが、武者修行に出ると言い旅に出た。突然の気変わりは妙だと思い、母を問い詰めたところ、早く夫婦《めおと》になれと、しつこくしていたらしい。わたしと雪美殿は兄妹同然だと言うておったのに、困ったお方だ」

「では雪美殿は、香祥院様の求めに耐えかねて、江戸を出られたのか」

「悪いことをしたと思い胸を痛めていたが、先日文《ふみ》が届いた。尾張城下の、新陰《しんかげ》流《りゅう》の道場に逗留《とうりゅう》していると書いてあったゆえ、他流と手合わせをして修行に励《はげ》んでいるのかと思いきや、跡継ぎと夫婦になるそうだ」

突然のことに、左近は開いた口が塞がらない。

岩倉は、あっけらかんと笑った。

「驚くな。わたしはめでたいと喜んでいる。正直、嫁に行けるのか案じていたのだ。雪美殿が応じた相手ならば、よほどの遣《つか》い手《て》に違いない」

岩倉の喜びに、偽《いつわ》りはなさそうだ。

てっきり、雪美といい仲だと思っていた左近は、少々残念に思ったが、おくびにも出さず、岩倉に付き合った。

ほうとうを残さず食べた岩倉は、また会おうと言い、勘定《かんじょう》を置いた。

共に出た左近は、市田家に関わりがある岩倉を案じ、くれぐれも気をつけるよう念を押して別れた。

通りを行《ゆ》き交《か》う人の中を歩む岩倉を見送った左近は、お琴の家に戻った。

左近がかけてやった羽織は部屋に畳《たた》んであり、お琴は仕事に戻っていた。

縁側に座り、夕暮れ時の冷たい風に当たっていると、背後に足音が近づき、お琴が来た。

「先ほどは、お出かけを気づきもせず、申しわけございません」

左近は微笑んで首を横に振る。

「久しぶりに、具家殿と会《お》うてきた。また物騒なことが起きておるゆえ、夜歩きは、くれぐれも気をつけてくれ」

「当分、夜の寄り合いはしないことになりました」

「それならよい」

安堵《あんど》する左近に、お琴は何が起きているのか訊《き》こうとしない。久々に会ったばかりで、無粋《ぶすい》な話をしたくないのだろう。そう察した左近は、お琴をそばに座らせ、二人で庭を眺《なが》め、他愛のない話をした。

お琴とこうしているのが何より落ち着く左近は、町の様子や客の話を聞いて、笑ったり驚いたりして楽しんだ。夕餉《ゆうげ》は、権八とおよね夫婦と四人で囲み、馬鹿ばかり言う権八に笑わされ、短い時を有意義に過ごせた。

お琴と二人で朝を迎え、見送りを受けて三島屋を出た左近は、

「また近いうちに来る」

と、手をにぎって言い、西ノ丸に帰った。

三

いっぽう、岩倉具家は、広尾《ひろお》の寮《りょう》で夢の中にいた。

身体を揺すられて目覚めると、香祥院が不安そうな顔をしているではないか。

「母上、いかがなされました」

あくびをしながら起き上がる岩倉に、香祥院は焦《じ》れた様子で言う。

「たった今、市田家から使いの者がまいりました。実頼殿を守るはずの剣客四名が、朝になってみれば姿を消していたそうなのです」

「は？　まさか、逃げたのですか」

香祥院は深刻そうな顔でうなずく。

「一流の剣の遣い手と名が知れた一多殿が命を落とされたことで、怖《お》じ気《け》づいたのだろうということです」

「なるほど」

頭痛がする岩倉は、こめかみを揉《も》みながら話をしていたが、急に黙り込む香祥院にいやな予感がして、顔を上げた。すると、じっと見ていた香祥院が言う。

「さては、雪美殿のことを知り、自棄酒《やけざけ》を飲みましたね」

やはりそうきたか、と岩倉は苦笑いをする。

「それはありませぬ。久々に左近殿と会いましたから、つい飲みすぎたのです」

香祥院は身を乗り出す。

「湯を沸《わ》かしてありますから、汗を流してきなさい。酒の匂いも取るのです」

と、人の話を聞いていない様子。

いつもと様子が違う香祥院に、岩倉がいぶかしげな顔をしていると、

「支度を終えたら、市田家に行ってほしいのです」

そう言われて、合点《がてん》がいった。

「実頼殿を、お守りしろとおっしゃいますか」

「頼まれてくれますか」

「他ならぬ母上の頼み。承知しました」

快諾《かいだく》した岩倉は、顔だけ洗って出かけようとしたが、香祥院が許さない。

言われるまま湯を使い、汗を流して上がると、新しい小袖《こそで》と袴《はかま》が支度してあった。

「母上、新調されたのですか」

着替えを手伝ってくれる香祥院に訊くと、

「相手は父上と懇意《こんい》にされていたお家柄。恥ずかしい身なりで行かせるわけにはまいりませぬ。さ、これでよし」

帯を締め、扇《おうぎ》を差し出す。

岩倉は恐縮して受け取り、帯に差した。

「下手人が捕らえられるまで、しかと頼みます」

「いつになるかわかりませぬが」

「母のことは気にしなくてよいのです。父上に恩を返すと思うて、実清殿がおっしゃるとおりにしなさい。よいですね」

岩倉は、思わず笑った。

「何がおかしいのです」

「幼い頃のことを思い出しました」

「いくつになっても、子は子です。さ、お行きなさい」

相手は神出鬼没。香祥院は警固《けいご》を頼んだものの、岩倉の身を案じているに違いない。

そう考えた岩倉は、実の母と思う香祥院に笑みで応じ、早く帰ると言って寮を出た。

神田《かんだ》の屋敷に行くと、待っていた実清が喜んで迎え、自ら客間に案内してくれた。

穏やかな表情の実清は、今日は気分がいいのだと微笑み、病《やまい》を感じさせない。

「いやぁ、何年ぶりでございますかな。忠澄殿とお会いしていた頃は、まだ若子《わかご》でござったが、年も取るはずです」

遠慮がちな言葉遣いに、岩倉は困った。

「今は浪々の身。お気遣いなく、お話しください」

「何をおっしゃる。将軍家光公の血を引かれるそなた様に、敬意を示すは当然のこと。その具足《ぐそく》殿に愚息の用心棒をしていただくなど、まことにおそれ多いことなれど、香祥院殿のご厚情に甘えました。どうか、我が家と思うて、ゆるりとおくつろぎくだされ」

そこへ、若き侍が来た。当代実頼だ。

実頼は明るい顔で下座に着き、岩倉に頭を下げた。

「実頼にございます。このたびは、香祥院様のまごころに甘えました。どうぞよろしくお願い申し上げまする」

二人から、義母に甘えると言われ、岩倉は首をかしげる。

どうやら頼まれたのではなく、香祥院から申し出たようだ。

まあどちらでもよいか、とも思う岩倉は、実頼に上座を促し、着座するのを待って言う。

「明日も登城されるのか」

はい、と答えた実頼は、隠居を許された実清にかわり、蔵方として登城している。

「たいした仕事はないのですが、城内の蔵に納《おさ》められている物を必要に応じて出し入れしなければなりませぬから、長く休むことができないのです。今日は一日、非番でございます」

実頼は、いちだ姓の者が狙われているのを心配していないのだろうかと思うほど、呑気《のんき》で明るい。

「雇っていた四人がいなくなったと聞いたが、そなたは、恐ろしくないのか」

岩倉の問いに、実頼は笑みを浮かべた。

「岩倉様が来てくださいましたから、むしろ、下手人が来ないかと思うております」

「馬鹿者、口を慎《つつし》め」

叱る実清に、実頼は悪びれもせず言う。

「父上も、岩倉様が来てくだされば安泰《あんたい》だと、おっしゃったではありませぬか」

実清は焦《あせ》り顔《がお》となり、しどろもどろになりつつ言いわけを並べた。

そこへ、廊下から女の声がした。

「おお、よいところに来た」

実清が言い、岩倉に紹介した。

「妻と娘でござる」

初対面の岩倉は、名乗って頭を下げた。

妻は定《さだ》と名乗り、恥ずかしそうにしている娘に、あいさつをするよう促した。

岩倉に茶菓《さか》を出した娘は、目を合わせようとせず、恥ずかしそうに下がって正座すると、両手を揃《そろ》えてつく。

定がにこやかに言う。

「娘の光代《みつよ》でございます。二十歳《はたち》になりましたが嫁にも行かず、甘えておりますのよ。おほほほ」

どう答えてよいやらわからぬ岩倉は、はあ、と言い、湯呑《ゆの》みを取り、一口飲んだ。そして、嬉しそうな顔をしている実頼に問う。

「剣術のほうは、いかがか」

途端に実頼の表情が曇った。

「まあ、それなりに」

「さようか。では、これから手合わせをせぬか」

「いえ、明日の支度がございますから、遠慮いたします。上役から、所蔵の品を覚えておくよう仰《おお》せつかっており、忙しいのです」

「そうか。それはご苦労なことだ」

「では、わたしはこれで。明日から、よろしくお願い申し上げます」

頭を下げ、そそくさと自室に戻る実頼に、実清はため息をつく。

「わしも人のことは言えませぬが、愚息はその上を行って、剣術は、からきしなのでござるよ。物を覚えることは、誰にも負けぬのですが」

一度目を通した書類のことは、一字一句違《たが》わず覚えているのだと言われて、岩倉は、それはそれで天からの授《さず》かり物《もの》だと舌を巻いた。

息子を褒《ほ》められ、定は嬉しそうに笑っていたが、思い出したように言う。

「お前様、お部屋のことは」

「おお、そうであった。具家殿、離れを用意しておりますから、お好きなように使うてくだされ。光代、案内してさしあげなさい」

「はい」

応じた光代が立ち上がり、目を合わせることなく岩倉を待った。

「では」

岩倉は実清と定に頭を下げ、光代に従って廊下を歩んだ。

千石取りの市田家は、譜代中《ふだいちゅう》の譜代。家康《いえやす》に伴《ともな》って江戸に入り、二代秀忠《ひでただ》の時に、神田の地に屋敷を賜《たまわ》っている。

幾度か火事に遭《あ》い、当時の建物は残っていないが、敷地は広く、庭の枯山水《かれさんすい》は見事だ。

その庭を左に見つつ廊下を歩んだ岩倉は、コの字に廊下を回り、その先にある離れに案内された。

手入れが行き届いた庭を見渡せる部屋は広い。新しい畳の香りがして、気持ちがいい部屋だ。

岩倉は微笑む。

「よい部屋を貸していただき、恐縮だ」

光代は微笑んで首を横に振るだけで、目も合わせず、岩倉が部屋に座すと、両手をついて頭を下げた。

「ご用がございましたら、こちらをお鳴らしください」

そう言って差し出されたのは、鈴だ。

受け取った岩倉が顔を見ると、光代は目を伏せ、下がっていった。

一人になると途端にすることがなくなり、廊下に出て庭を眺めた。梅の花を眺めるのもすぐに飽きてしまい、部屋に入って持参した書物を開き、読みはじめた。

唐《とう》（中国の王朝）の宮廷《きゅうてい》の物語は、読みはじめるとすぐにのめり込み、時が経《た》つのを忘れる。

文字が見にくいと気づいて外を見れば、日が暮れはじめていた。

蠟燭《ろうそく》に明かりを灯《とも》そうと思い書物を置いた時、廊下の障子の陰から、光代の声がした。

「具家様、父が夕餉を共にと申しております」

岩倉は応じて、書物を置き、光代の案内に従って離れを出た。

こうして、岩倉の用心棒生活がはじまり、翌朝は、登城する実頼を守るため、江戸城の大手門《おおてもん》まで送った。

供侍が一人と、荷物持ちの中間《ちゅうげん》が一人。供侍は岩倉に、逃げた四人のことを腰抜けだと罵《ののし》った。これも不安の裏返しであろうと思った岩倉は、どのような相手であろうと必ず守ってやるから安心しろ、となだめ、無事に送り届けた。

城に入ってしまえば、襲われることはまずない。

下城の刻限に間に合うよう迎えに来ると言って別れた岩倉は、ふと、左近がいるであろう西ノ丸の方角を見上げた。

櫓《やぐら》の先にある西ノ丸をうかがい見ることはできないが、広大な城の中で暮らす左近を想いつつ、市田家の屋敷に戻った。

夕方までですることはなく、実清から囲碁《いご》に誘われたが断り、離れに籠もって唐の時代の書物を読みふけった。

次期皇帝の座をめぐる骨肉の争いは、いよいよ激しくなるばかり。醜《みにく》い争いだが、将軍の娘を守るために西ノ丸に置かれている左近の立場を想えば、対岸の火事ではない。

この先どうなるのか気になり、紙をめくる手が止まらぬ岩倉であったが、肝心《かんじん》な部分が破れてなかった。

目を見張った岩倉は、荷物の中を探ったが、切れ端は見つからない。初めから、破れていたのだ。

「あの親父、読めぬ物を売りおって」

書物問屋の狸親父《たぬきおやじ》の顔を思い出して罵った岩倉は、文机《ふづくえ》に書物が置かれてあることに気づいた。

見覚えのある本は、今自分が手にしている物と同じ。

今朝はなかったはずだと首をかしげつつ、四《よ》つん這《ば》いで近づいて手に取ると、真新しい品だった。

さっそく紙をめくると、欠けていたところがあった。

「よしよし」

思わず口に出し、読みふける。

皇帝の器《うつわ》の大きさに、綱吉とは大違いだ、と胸の内で言いつつ紙をめくると、桔梗《ききよう》の押し花が挟まれていた。

つまんで眺めていると、慌てた様子の足音が近づいてきた。

見ると、茶菓を載せた折敷を持った光代だった。

光代は焦った顔で折敷を置き、しくじりを後悔する笑みを浮かべた。

「申しわけございません。取るのを忘れておりました」

手を差し伸べられて、岩倉は桔梗の押し花を見た。

「この本を置いてくれたのは、そなたであったか」

手を引いた光代は、申しわけなさそうな顔で頭を下げた。

「掃除をしておりました時に本が目にとまり、同じ物をお読みなのだと手に取りましたら、肝心なところが破れておりましたので、よろしければと思い置いておいたのです」

控えめに言う光代に、岩倉は微笑んだ。

「おかげで物語を楽しめた。礼を言う。しかし、この押し花は、しおりだったのでは。まだ途中なら、悪いことをした」

「いえ、もう読み終えて、桔梗の押し花を作るために挟んでおりました」

「そうか。紫の色も鮮《あざ》やかで、美しく仕上がっている」

そう言って桔梗の押し花を差し出すと、両手で受け取った光代は、微笑んだ。

その優しい笑顔に、岩倉は目が離せなくなった。

光代はすぐに顔を伏せ、茶菓の折敷を差し出すと、部屋から出ていった。

ふたたび物語に没頭《ぼっとう》する岩倉。

その様子を、母屋《おもや》の廊下から見る目があることには気づいていない。

下城の刻限に間に合うよう、大手門前に迎えに行った岩倉は、一日の役目を終えて出てきた実頼を守り、無事屋敷に戻った。

翌日も、命を狙う曲者《くせもの》が現れることなく、岩倉は実頼を守って一日を終えた。

夕餉を実清と共にとっていると、定は光代にあとをまかせて、先に奥へ下がった。

実頼は仕事を持ち帰ったと言い、早々と自室に下がった。岩倉も食事を終え、離れに戻ろうとしたのだが、実清から、酒に付き合ってくれと言われた。

ちょうど酒が飲みたいと思っていた岩倉は、誘いに応じて残った。

程なく、光代が酒肴《しゅこう》の膳《ぜん》を持ってきて、酌をしてくれた。

飲みながら世間話をしていたのだが、実清は次第に口数が減り、光代を下がらせた。

両手をついて頭を下げた光代を見送った実清が、膳を横に滑らせて立ち上がり、岩倉の正面に座るや否《いな》や、身を乗り出す。

岩倉が何ごとかと思い、のけ反《ぞ》って離れていると、実清がさらに近づいて言う。

「具家殿、光代を、嫁にもろうてくだされ」

思ってもみなかったことに、岩倉は目をしばたたかせた。

「い、いきなり、いかがなされたのです」

「いきなりではなく、前から考えていたことにござる。香祥院殿にも、許しをいただいておりますぞ」

「母に……」

してやられたと思った岩倉は、居住まいを正した。

実清も居住まいを正し、喉《のど》の音が聞こえんばかりに、緊張の唾《つば》を呑むのがわかった。

返答を待つ実清に、岩倉は言う。

「今は、実頼殿のことが大事。縁談のことは考えられませぬ」

実清が岩倉の膳をどかせ、両手をつく。

「わしはご存じのとおり病弱。明日をも知れぬ命じゃが、縁の薄い娘を置いたままでは、死んでも死に切れぬのです」

酒を飲んでおいて、急に病弱もなかろうと思った岩倉であるが、実清は必死だ。

「具家殿が光代をもろうてくだされば、これほど嬉しいことはござらぬ。何とぞ、うんと言うてくだされ」

「実清殿、落ち着いてください。わたしは浪々の身。母から施《ほどこ》しを受けて生きているような者が、妻など娶《めと》られましょうか」

「今はそうだとしても、具家殿は西ノ丸様とご昵懇《じっこん》の間柄。西ノ丸様が六代将軍におなりあそばしたあかつきには、具家殿は必ずや、大名になられるお方。娘にはもったいない御仁《ごじん》なればこそ、頼んでおるのです。このとおり」

平身低頭《へいしんていとう》して懇願《こんがん》され、岩倉は返答に困った。

優しい人柄が表情に出ている光代は、良い妻、母になるだろう。短いあいだだが、光代と接してそう思う岩倉である。だが、自分のこととなると話は別だ。即答など、できるはずもなかった。

「考えさせていただきたい」

娘を想う父親の勢いに押されて、その場しのぎでそう言うしかなかった。

実清は顔を上げた。希望を持った面持《おもも》ちで言う。

「よい返事を待っておりますぞ」

岩倉は、首を縦《たて》にも横にも振らず、

「まずは、実頼殿を守ることが先。話はそれからです」

そうはぐらかし、離れに戻った。

翌朝、光代が起こしに来た。

父に何を言われているのかわからないが、光代は昨日までと態度を変えず、身の回りの世話をしてくれる。

縁談のことを、そなたはどう思うているのか、と口から出そうになり、言葉を呑み込む。

目の前で帯を巻いてくれる光代の表情が優しく、そして色白の首筋が、昨日までとは違いやけに気になり、緊張したのだ。

この時岩倉は、己が光代を意識しているのだと思った。

「具家様」

不意に光代が声を発し、見上げてきた。

二重《ふたえ》の眼差しを正面から受け止めた岩倉は、実清に言われたせいもあり、思わず目をそらした。

「お昼は、何をお召し上がりになりますか。なんでもおっしゃってください」

なんだそのことか、と思う己の気持ちに、岩倉は驚きつつも、平静を装《よそお》って応じる。

「実頼殿を送ったあと、母のところへ戻るゆえよい」

　すると光代は、憂いを帯びた面持《おも》ちで言う。

「今日は遅くなると、弟が申しておりました。暗くなりましょうから、くれぐれも、お気をつけくださいませ」

　案じてくれる光代に、岩倉は笑みを浮かべる。

「わたしは、暗い場所での闘いを得意とする。曲者が現れれば、捕らえてやろう」

　光代は離れて、いつもの穏やかな顔で頭を下げた。

「弟を、お頼み申します」

「うむ」

「具家様の無事のお戻りを、お待ち申し上げます」

　両手をつき、深々と頭を下げる光代。

　岩倉は面《おもて》を上げさせ、微笑む。

「心配せずとも、やられたりはせぬ。安心して待っていなさい」

　そう言うと、光代も微笑んだ。

四

岩倉は、大手門前で実頼と別れ、その足で広尾に急いだ。

香祥院に会い、勝手に縁談を進めていたことを迷惑だと言うつもりでいたが、町中を歩いているうちに、その気が削《そ》がれてしまった。道ゆくおなごを見るたびに、光代のことが頭に浮かび、縁談を進めた母への怒りが、まったくなくなっていることに気づいたのだ。

それでも、どのような話になっているのか詳しく知りたくて、引き返さず向かった。

寮を訪ねてみれば、香祥院は不在だった。留守番をしている者に訊けば、江戸を離れ、鎌倉《かまくら》の寺に写経をしに行ったと言うではないか。

「居留守であろう」

そう言って中に入ったが、香祥院はほんとうにいなかった。

明日は帰るはずだと留守番の者は言うが、わかったものではない。

逃げられた。

そう思った岩倉は、

「母にしてやられたわ」

留守番の者に言うと同時に笑いが込み上げ、寮をあとにした。

実頼が下城するまでは、まだ時間がたっぷりある。市田家に帰ろうかと思ったが、母と会うと言った手前、どこかで暇を潰すことにした。

左近がお琴の店にいることを願いつつ足を運んだが、まずは小五郎に訊くべく、煮売り屋をのぞいた。

一人で仕込みをしていた小五郎が、頭を下げる。

岩倉は会釈《えしゃく》をした。

「左近は隣に来ていないのか」

「はい。明日、来られることになっています」

「そうか。暇ができたので寄ってみたのだ。邪魔をしたな」

「せっかくですから、よろしければ、お休みになってください」

小五郎は、茶を淹《い》れた湯呑みを持って出てきた。

それじゃ少しだけ、と言って長床几に腰かけた岩倉は、小五郎に問う。

「ところで、いちだ家のあるじを狙う者はどうなった。その後、何か動きはあったか」

小五郎は険しい顔を横に振る。

「柳沢様は、番方《ばんかた》に探索を命じられたそうですが、いちだ家をすべて守るのは、難しいということです」

「何もせぬよりはましだ。狙う者が、少しは動きにくくなろう」

「暇ができたとおっしゃいましたが、今日は、何をされてらっしゃったのです」

「先日左近と話した市田家のことを覚えているか」

「はい」

「当代を守っている。下城の刻限まで暇なのだ」

小五郎は驚いた。

「岩倉様が、そのようなことを」

「母に頼まれて行ったはよいが、半分騙《だま》されたようなものだ」

「騙されたとは、どういうことです」

「頼んだのは、他にもわけがあったということだ。そのことを訊くため寮に戻ったが、鎌倉に逃げられていた」

小五郎は探る顔をした。

「ひょっとして、縁談ですか」

「どうしてそう思う」

「なんだか、お顔が優しい気がしましたもので」

岩倉は目を泳がせ、湯呑みを取って一口飲んだ。

「わたしは浪々の身だ。あり得ぬ」

小五郎ではなく自分に言い聞かせた岩倉は、口に出してみれば気持ちが落ち着いた。

半刻《はんとき》(約一時間)ほど邪魔をして店を出た岩倉は、小五郎から教えてもらった、この近辺のいちだ家を回ってみることにした。あてもなく、苗字だけで襲うなら、家の周りを嗅《か》ぎ回っているのではないかと思ったのだ。

怪《あや》しい者がいれば、顔を覚えているだけでも、実頼を守りやすくなる。

岩倉は目を光らせながら、まずは愛宕下《あたごした》にある旗本、櫟田《いちだ》家の屋敷に向かった。

左近に命じられて、配下と共に動いているという小五郎は、さすがによく調べており、家禄《かろく》や役目などを記した紙を渡してくれた。

櫟田は八百石の旗本で、あるじは今年五十歳。役目はない。人柄はすこぶるよく、人付き合いが多いが、恨まれるような人物ではないという。

屋敷の周囲に人気《ひとけ》はなく、怪しい影もなかった。

二軒目は、赤坂《あかさか》寄りの武家地にあり、四百石の旗本市田家。ここは人気があり、どこぞの家の中間や、編笠《あみがさ》を着けた浪人風とすれ違ったが、怪しい動きをする者はいない。

一田《いちだ》、一朶《いちだ》、伊地多《いちだ》、など、字が違う家が無数にある。

すべてを調べるのは骨が折れることだと思いつつ、時間が許す限り歩いて回った。

屋敷を探る素振りを見せる者は一人もおらず、日暮れ時には探索をやめた。外《そと》桜田御門《さくらだごもん》から曲輪内《くるわうち》に入り、実頼を迎えに、大手門へと急いだ。

役目を終えた実頼が出てきたのは、日がとっぷりと暮れて、さらに半刻が過ぎた頃だった。

ちょうちんを片手に出てきた実頼に中間が駆け寄って迎え、手荷物とちょうちんを受け取って足下《あしもと》を照らす。

堀の対岸で待つ岩倉を見つけた実頼は、やや疲れた笑みを浮かべた。

「お待たせしました」

「お役目ご苦労」

岩倉は先に立ち、夜道を警戒して歩いた。

神田橋御門《かんだばしごもん》から出て、屋敷に近づくにつれて道ゆく人は減り、やがて絶《た》えた。暗い道が続く。黙然《もくねん》と、警戒を怠《おこた》らず歩いた。程なく、通りの先に、市田家の門前を照らす灯籠《とうろう》が見えてきた。

「殿、今日も無事戻れました」

中間がそう言い、門前に到着して緊張がゆるんだ時、火が灯されている灯籠の先から、人が現れた。

警戒していた岩倉は実頼を止め、守って立つ。

表門の左前にある灯籠を背にして立ち止まる男の顔は、右側にいる岩倉からは、影になってよく見えない。

何者かと問う前に、男が声を発した。

「裃《かみしも》を着けておる者が、いちだ家のあるじか」

「なんの用だ」

岩倉は、実頼と曲者のあいだに立ち、問う。

すると男は、鯉口を切った。

「家族の恨みを晴らす」

「待て。命を狙うは、家族を殺されたからか」

「そうだ、ひどいやり方でな」

男の声は若いが、腹が据《す》わった物言いだ。岩倉は、このままでは必ず襲ってくると感じた。

出ようとする男を、岩倉が止める。

「待て、早まるな」

だが、男は抜刀した。

「邪魔をするなら、貴様から斬る」

言うなり斬りかかる一刀を、岩倉は抜刀術《ばっとうじゅつ》で弾《はじ》き上げた。

下がった男の顔が、灯籠の明かりに照らされる。まだ若い男に、岩倉が言う。

「よう見よ、あるじはお前と同じ年頃。しかも家督を継いだばかりだ。家族が殺されたのは、いつの話だ」

「誰であろうと、いちだの者は生かしてはおかぬ」

若者は、恨みに満ちた目を実頼に向けてそう言った。

ふたたび出ようとする男に、岩倉が言う。

「勝手な理屈を言うておるが、恨みなど嘘《うそ》であろう。貴様はただ、人を殺したいだけではないのか」

男は下がり、岩倉を睨《にら》んだ。

「貴様に、わたしの気持ちなどわかるまい。そこをどけ」

「どかぬ」

「ならば斬る」

男が刀を正眼に構えた時、脇門が開き、光代が出てきた。

光代は、灯籠の前にいる男の存在に気づいておらず、岩倉と実頼に笑顔で駆け寄った。

「来るな！」

岩倉が叫んだ。

光代はそこで初めて、岩倉が刀を抜いているのを知り、驚いて立ち止まる。その背後に、男が迫るのを見た岩倉は、光代の腕をつかんで引き寄せ、かばった。

背中を斬られた岩倉は、光代を実頼に向かって押して離し、振り向きざまに刀を一閃《いっせん》する。

跳びすさった男に、岩倉は顔を歪《ゆが》め、歯を食いしばって刀を向ける。

対する男は、驚きとしくじりを悔《く》やむ色を浮かべた。

「邪魔をするお前が悪いのだ」

男はそう叫び、走り去った。

岩倉は呻《うめ》き、片膝《かたひざ》をついた。

「具家様！」

駆け寄った光代は、ひどく動揺している。

岩倉は、大丈夫だと言って微笑むが、背中に激痛が走り、顔を歪めた。

中間が潜《くぐ》り戸《ど》から人を呼び、市田家の門前は大騒ぎになった。

部屋に運ばれた岩倉は、うつ伏せになり、痛みに耐えた。

付き添う光代が、新しい晒《さらし》を背中に当て、血を止めようと押さえている。実頼も手伝い、血で染まる晒を替えていく。

医者はまだかと言う実清の声が廊下でして、程なく部屋に入ってきた。

血まみれになっている光代を見て驚き、岩倉に駆け寄る。

「具家殿、すぐ医者が来る。気をしっかり持たれよ」

岩倉に答える余裕はなかった。

「晒が足りませぬ」

父に訴える光代の声を聞きつつ痛みに耐える岩倉は、口に布を噛《か》まされた。

どれほど時が経ったか、背中を押さえる光代が手を離した。そのことで瞼《まぶた》を開けた岩倉の目に、家来の案内で廊下から入る中年の男の姿が映《うつ》った。

付き添っていた光代が言う。

「見ぬ顔ですが、どなたですか」

すると中年の男は、庄庵《しょうあん》と名乗った。

湯島《ゆしま》から来たという庄庵は、立ったまま岩倉を見ながら言う。

「若いお侍に、こちらに怪我人《けがにん》がいるから傷を診《み》てほしいと頼まれて、急いでまいりました。刀傷ですか」

険しい顔で歩み寄ろうとする庄庵を、実清が止めた。

「この者を捕らえよ」

命じる実清に、庄庵は目を見張る。

「なぜでございます」

「にわかには信じられぬ。捕らえよ」

実清の命に応じた家来たちが、庄庵を取り押さえた。

庄庵は慌てて言う。

「嘘ではございませぬ。一両で治療を頼まれました。信じてくだされ」

光代が実清に言う。

「父上、嘘をついているようには見えませぬ」

「わたしも、姉上と同じです」

実頼にも言われた実清は、庄庵に問う。

「頼んだのは、どのような侍だ」

取り押さえられている庄庵は、苦しそうな顔で応じた。

「色白で、頬《ほお》がこけ、鼻筋が通り、目が二重で大きゅうございました。それから、右の目尻にほくろがあり、なんと言いますか、どこか寂しげな顔をした若侍です」

襲った者に違いなかった。

話を聞いていた岩倉は、目の前にいる光代の袖を引き、うなずいて見せた。

光代もうなずき、

「父上、襲った者に特徴が似ています」

そう言うと、実清はますます疑った。

「貴様、医者と偽り、様子を見に来たのであろう」

「違います」

そこへ、別の家来が来た。

「大殿、相次郎《そうじろう》先生が来ました」

すでに通されていた医者は、実清が頼りにしている者。

相次郎は、取り押さえられている医者を見て驚いた。

「やっ、庄庵殿！　どうしたのです」

これで嘘ではないことがわかり、実清はようやく、家来を下がらせた。

自由になった庄庵は、相次郎とは顔見知りどころか、人体の不思議を朝まで語り明かし、貴重な薬草を手に入れた時は分け合うなど、昵懇の間柄だという。

刀傷の治療は、庄庵のほうが得意だとも言われて、実清は疑ったことを詫《わ》びた。

庄庵は気にせず、岩倉のそばに来ると、晒を取って傷の具合を診た。

「これなら、命に関わらぬでしょうが、傷が膿《う》むといけませぬから、油断は禁物」

そう言いつつ、治療をはじめた。

五

左近が岩倉の怪我を知ったのは、二日後だった。

江戸に戻った香祥院からの知らせを受けた小五郎が、西ノ丸にいた左近に知らせてきたのだ。

市田実清の娘を助けようとして不覚を取ったことは、岩倉らしい振る舞いだと思いつつも、襲った者が医者をよこしたことは、一連の事件を起こしている下手人が、正気を失った者ではない証《あかし》。

そのような者が、いちだ家のあるじを見境なく狙い続けている。怨念《おんねん》の根深さを感じた左近は、その者も哀《あわ》れと胸を痛め、一日も早く止めねば、とも思うのだった。

岩倉の見舞いを兼ね、詳しい話を聞くために西ノ丸をくだった左近は、市田の屋敷を訪ねた。

突然の訪問に仰天《ぎようてん》した実清は、

「倅《せがれ》はお役目にて、登城をしておりますれば、平にご容赦《ようしや》を」

門の石畳に伏して、あいさつの口上を並べた。

日暮れ時ということもあり、そこへ、役目を終えた実頼が帰ってきた。羽織《はおり》袴《はかま》ではなく、若草色の袷《あわせ》を着流している浪人者にひれ伏している父の姿に、実頼と供侍は驚き、駆け戻った。

「父上、何ごとです」

実頼の声に顔を上げた実清が、両手を上下させて言う。

「控えよ、西ノ丸様であるぞ」

その場にひれ伏せと命じる実清に、実頼が目を丸くした。

左近は言う。

「そのままでよい。実清殿、立ちなさい。岩倉殿の怪我を知り見舞いにまいった。案内を頼む」

「はは」

立ち上がった実清は、大扉を開けさせて左近を招き入れた。

案内する実頼に続いて屋敷に入った左近は、まずは、岩倉が怪我をした時のことを詳しく聞かせてくれと言い、そのあとに、改めて案内をさせた。

廊下を離れに向かって歩いていくと、中庭を挟んだ先の部屋に、座っている岩倉の姿があった。

臥《ふ》していないことに、左近は安堵する。

若い娘が、晒を替えている。

岩倉の落ち着いた表情を見た左近は、実頼の袖を引いて止めた。

驚いて振り向く実頼に、誰かと問う。

「姉でございます」

「岩倉殿のあのような顔は初めて見たが、どういうことだ」

実頼は片膝をつき、縁談のことを教えた。

左近は驚き、岩倉を見た。

植木の枝の向こうに見える岩倉は、うつむき、穏やかな面持ちで目をつむっている。

「ここは、邪魔をすまい」

左近は微笑んで言うと、実頼は緊張をゆるめ、頭を下げた。

二人でそっと、その場を離れようとしたのだが、岩倉が気づいた。

「左近ではないか」

足を止めた左近が、とぼけた顔をしていると、岩倉が睨んだ。

「いらぬ気を遣うな」

そう言われて笑った左近は、実頼を促して部屋に行った。

「姉上、西ノ丸様です」

実頼が言うと、光代は晒を巻く手を止めて、頭を下げようとした。

「そのままでよい」

左近が促すと、光代は緊張した面持ちで応じ、岩倉の世話を続けた。

岩倉は、落ち着かぬ様子。

左近が傷の具合を訊くと、岩倉は照れくさそうに言う。

「浅手《あさで》だ。母から聞いたのか」

「うむ」

「そうか、他には」

岩倉がそう言うと、光代が一瞬だけ手を止め、すぐに動かしはじめる。

見逃さぬ左近は、微笑むだけで何も言わなかった。

岩倉は、左近が知っていることを察したようだ。柄《がら》にもなく動揺した姿が、左近には新鮮で、かつ、まんざらでもなさそうに見えた。

緊張した面持ちで手当てをする光代に、左近は言う。

「具家殿が斬られたのは、決して、そなたのせいではない。決。罪に思わぬことだ」

黙っている光代に、岩倉が言葉をかける。

「西ノ丸様がおっしゃってくださった。だからもう、気にするな」

光代は、自分が迂闊《うかつ》に出てしまったことで、岩倉が斬られたと思っている。岩倉が何度も、そなたのせいではないと言っても、気に病《や》んでいたのだ。

表情が曇ったままの光代に、左近が言葉を重ねる。

「具家殿の顔を見ればわかる。そなたに怪我がなくてよかった。そうであろう、具家殿」

「うむ」

「世話をされて、かえって喜んでいるのではないか」

「まあな」

「実頼殿、やはり我らは邪魔なようだ」

左近が笑って言うと、実頼はどう返事をしていいかわからぬ顔をしている。

岩倉が、光代に言う。

「今からは、もう気に病まないでくれ。そなたが暗い顔をしていると、わたしも辛《つら》い」

驚いた顔をした光代は、目に涙を溜《た》めてうなずいた。

頭を下げ、部屋から去る光代を笑顔で見送った左近は、岩倉に言う。

「先ほど実頼殿から話を聞いた。よほどの恨みがあると見たが、おぬしはどう思う」

岩倉も同感だとうなずき、

「おそらくあの者は、江戸に暮らす旗本か御家人のいちだが仇《かたき》、としかわかっておらず、片っ端から襲っているのだろう」

そう推測した。

「おれもそう思う」

憂えずにはいられない左近は、実頼に父を呼ぶよう言い、親子が揃ったところで、改めて問う。

「両名とも、気を悪くせず答えてくれ。市田を名乗る縁者で、狙われることに思い当たる者はおらぬか」

実頼は実清を見た。

難しい顔をしている実清は、

「一族の者は皆、真面目に奉公し、道をはずれたことをする者はおりませぬ」

と、神妙に答えた。

左近はうなずく。

「では、他に思い当たる者はおらぬか。噂でもよいから、おれば聞かせてくれ」

実清親子は首をかしげて考えたが、二人とも、そのような噂は聞いたことがないという。

左近は、又兵衛に調べさせることを思いついたが、この場では口にせず、実頼には、くれぐれも気をつけるよう言い置いた。

そして岩倉には、

「しばらくこちらで、世話になるがよいぞ」

香祥院から預かっていた言伝《ことづて》を、自分の言葉として伝えた左近は、いらぬ世話だと反論する岩倉に笑い、西ノ丸に帰った。

六

左近を見送り、離れに戻った実頼が、やけに興奮している。

薬湯《やくとう》を飲んでいた岩倉が、何ごとだ、と思っていると、そばに座した実頼が身を乗り出して言う。

「西ノ丸様と対等にお話しされるとは、さすがです。どうか、わたしの義兄《あに》になってください」

唐突《とうとつ》に言われた岩倉は、飲んでいた薬湯でむせた。

傷の痛みに顔をしかめる姿に慌てた実頼が、岩倉の背中をさする。

「大丈夫ですか」

むせる苦しみと、背中の痛みに耐えた岩倉はようやく落ち着き、ひとつ大きな息を吐く。

「左近とは、古い付き合いだからな」

「どなたのことです？」

岩倉は笑った。

「西ノ丸様のことだ。浪人風の身なりで市中へ出る折には、新見左近と名乗っている」

実頼は初めて知ったと、驚いている。

「市中を出歩いておるゆえ、悪さをすれば、どこで見ているかわからぬということだ。事実、悪事を働いていた武家が、何人も成敗されている」

実頼は驚くどころか、目を輝かせた。

「わかる気がします。西ノ丸様があのようにお優しいお方とは思いませんでした。感銘を受けました」

嬉しそうな実頼を見て、岩倉は疑問に思った。

「城では、どうなのだ」

「上様のおそばで、黙ってお座りになられるお姿しか、拝見したことがありません」

感動冷めやらぬ実頼に、岩倉は言う。

「わたしは、左近が一日も早く将軍になることを望んでいる。その時には、必ずそばに仕《つか》え、力になりたい。そう思わせる男だ」

実頼は賛同しかけて、言葉を呑んだ。

「綱吉に気を遣っているのか」

岩倉が察して言うと、実頼は苦笑いで答える。

「西ノ丸様は次期将軍。ご当代様がお隠れあそばすのを願うのは、謀反《むほん》も同じにございますから」

左近は綱吉の娘を守るための飾りだ。

そう言いかけた岩倉は、言葉を呑み込むと同時に、あくびが出た。薬のせいで眠気が来たのだ。

「少し横になりたい」

岩倉がそう言うと、実頼は横になるのを手伝い、夜着《よぎ》をかけてくれた。

「ご気分が優れませぬか」

心配する実頼に、岩倉は首を横に振る。

「眠いだけだ。夕餉まで休む」

「はは」

実頼は下がり、外障子を閉めて立ち去った。

「義兄か……」

まだ考えられぬ岩倉は、あり得ぬな、と笑い、目を閉じた。

ふと、目をさますと、部屋は真っ暗だった。いつもは光代が明かりを灯しに来てくれるが、眠っているのを見て、そのままにしてくれたのだろう。

そう思った岩倉は、起き上がろうとしたのだが、身体がだるく、顔をしかめる。寒気を覚えて、額《ひたい》に手を当ててみる。

どうやら、刀傷のせいで熱が出たようだ。

眠れば治る。

そう思い、夜着を引き寄せて目を閉じた。だが、寒気は増し、半身を起こして座ると、頭がふらふらした。

粥《かゆ》を持ってきた光代が、苦しそうな岩倉を見て驚き、折敷を置いて駆け寄る。

「具家様、いかがなされましたか」

身体を触った光代は、高い熱が出ていることに気づいて、岩倉の肩を抱いた。

「横になってください」

「すまぬ」

光代はすぐに、人を呼びに出ていった。

駆けつけた実清と実頼が、熱に浮かされる岩倉を見て、部屋に入ってきた。

実清が実頼に、庄庵を呼びに誰かを行かせろと命じ、応じた実頼は部屋から出ていく。

震えが止まらない岩倉を見た実清が、光代に言う。

「医者が来るまでそばについておれ。わしは定に、熱冷ましがないか問うてくる」

はい、と応じた光代は、そばに座った。

さらに熱が高くなっている岩倉は、息を荒くしている。

身体の震えが止まらぬのを見た光代は、

「寒いのですか」

　と声をかけたが、岩倉から返事はなく、首を縦に振るのみ。

　光代は、打掛《うちかけ》を脱いで夜着に重ねた。それでも震えが止まらないため、岩倉に身を寄せ、身体をさすり続けた。

　朦朧《もうろう》とする中、懸命に尽くしてくれる光代の身体の温もりを感じた岩倉は、背中が温かくなり、気持ちが落ち着いてきた。

　目がさめた時には、何刻《なんどき》過ぎたのかわからなかった。部屋には有明行灯《ありあけあんどん》の明かりがあり、屋敷は静まり返っている。人肌の温もりを感じて左を見ると、黒髪の頭があり、腹に置いている手には、温かくて柔らかな手が重ねられている。

　光代は、そばにいてくれたのだ。

　疲れて眠ってしまったのであろう。

　起こさぬようじっとしているうちに、心地よくなり、目を閉じた。

　ふたたび目覚めた時には、部屋が明るくなっていた。すずめの声が聞こえる。

　光代はいない。

　目を閉じ、あれは夢か、と思っていると、額に手を当てられた。見ると、庄庵が微笑んだ。

「熱は下がったようですな。もう大丈夫」

やはり夢だったようだ。

「一晩中、診ていてくれたのか」

「いえ、一度帰り、先ほど来たばかりです。風邪《かぜ》をめされかけていたところへ怪我をされたことが、高い熱を呼んだのでしょう」

言われてみれば、左近と酒を飲んで帰った次の朝には、確かに喉の痛みがあった。

怪我をして体力が落ちたことで、風邪に負けたのだと、庄庵は言う。

「無理をせぬよう、養生《ようじよう》することが一番ですぞ」

庄庵はそう言い、部屋から出た。

一人で横になっていると、程なく光代が来た。

岩倉は、夢を見たことが照れくさくなり、

「風邪だったようだ」

そう言って笑うと、光代は近づき、額に手を当てた。穏やかな顔をして、

「ようございました」

と、安堵の息を吐いて微笑む。

手の温もりが、夢と同じだと気づいた岩倉は、改めて光代を見た。問おうとしたが、光代は、はぐらかすように顔をそむけた。

「お粥を作ってまいります」

そう言って行こうとする光代。

岩倉は思わず、手をつかんだ。

「そなたのおかげだ。礼を言う」

光代は首を横に振り、行こうとするが、岩倉は手を引き、胸に抱いた。

光代の優しさに、惚《ほ》れたのだ。

七

昼間の日和《ひより》が嘘のように、夜は雪が降りはじめた。

岩倉を斬った若者は、探索の網《あみ》にかかることなく日々を過ごし、今宵《こよい》も、京橋近くの堀端にある船宿《ふなやど》、関川《せきかわ》の二階にいる。

長らく逗留している若者は、大名と旗本と御家人の姓名が記されている写本に見入っている。武鑑《ぶかん》ほど詳しくなく、江戸に屋敷を構える武家の在所が記された、いわば、商家のために発行された物。

武家案内、と記された写本を片手に、筆を持ち、書き入れたところで足音が近
づいたため、若者は慌てて閉じた。
障子を開け、折敷を持って入ってきたのは、女将《おかみ》の千咲《ちさき》。
どこか陰がある千咲は、四年前に、亭主を舟の事故で喪《うしな》って以来、独り身で店
を守っている。
後家の二十七歳ゆえ、陰を色気と感じる男から言い寄られることもあるが、そ
の色気は、若者のせいであると言えよう。
昨年の秋に、千咲は、店の前で倒れていたこの若者を助け、面倒を見るうちに
情が移り、今では、深い仲になっている。
だが千咲は、若者の生まれを知らぬ。歳は二十二だと言っているが、偽りに違
いない。おそらく、もっと年下のはず。知っているのは、圭右《けいすけ》という名だけ。そ
れすらも、本名かどうかわからない。
商家のために発行された武家案内を肌身離さず、時々出かけては、朝方帰る圭
右。その時は決まって、酒と血の臭《にお》いがする。
ゆえに千咲は、今江戸を騒がせている辻斬《つじぎ》りは、若者の仕業《しわざ》ではないか、と
薄々気づいているのだが、別れたくない一心で、決して触れない。死んだ亭主に

は悪いと思っているが、千咲は生まれて初めて、こころの底から人を好きになったのだ。

今も、武家案内を隠したことに気づいた千咲であるが、知らぬふりをして障子を閉め、熱い酒を持ってきたと笑みを浮かべ、そばに寄り添った。

圭右は、つい先ほど帰ったばかり。

朝方ではないため、酒と血の臭いはしない。

そのことに安堵した千咲は、

「雪は、やみそうにないわね」

と、優しく言いながら杯を差し出し、酒を注いだ。

一口で干した圭右が、ちろりを差し向けようとする千咲の手をつかんで止め、抱き寄せた。

身体を求める気持ちの高ぶりが何を意味するか、千咲にはわかっている。近いうちに、また人を斬りに行くに違いない。

そう思った千咲は、きつく目を閉じ、生きて戻ってくることを願う。ふと、もう戻ってこないのではないか、と思い、不安と悲しみが込み上げた。

気づいた圭右が、顔を見てきた。

「千咲、なぜ泣く」

千咲は、圭右にしがみついた。

「死なないで。お願いだから、わたしを一人にしないで」

圭右は微笑み、千咲の頬を拭《ぬぐ》った。

「案ずるな」

千咲はふたたび圭右にしがみつき、肌を重ねた。

圭右は珍しく、千咲より先に眠った。朝早く出かけ、暗くなって帰って、疲れていたのだろう。

起こさぬよう、そのまま寄り添っていた千咲は、寝顔を見ていた。

程なくして、圭右が眉間《みけん》に皺《しわ》を寄せ、顔を左右に振りはじめた。

「父上、母上……」

そう言ったかと思えば、

「お逃げください」

と、苦しそうに言う。

悪い夢を見ているのか、額に汗が浮き、うなされている。

千咲は恐る恐る身体を揺すり、圭右様、と声をかけた。

圭右はうなされていたが、千咲の声で落ち着いたのか、目をさますことなく、寝息を立てはじめた。

初めてのことに、千咲は、圭右の過去を想う。何があったのだろうかと考えているそばから、どうにも気になり、圭右が隠し物をした羽織を見つめた。そっと手を伸ばし、探ってみる。写本が指に当たり、つかんで引き出した。圭右が眠っているのを確かめ、開いて見た。この武家案内は、十三年前に発行された物だった。もしかすると圭右の家が載っていて、見て懐かしんでいるのだろうか。

そう思った千咲は、紙をめくった。そして、目を見張る。

いちだの苗字が記されているところだけ、いくつも塗り潰されていたからだ。

まだ塗り潰されていない、×を入れた家の名に目をとめた時、いきなり写本を奪われた。

はっとして振り向くと、圭右が悲しい顔で見ていた。

圭右はため息をつくと、何も言わず起き上がり、着物を着ようとする。

千咲は抱きついた。

「出ていかないで。誰にも言わないから」

圭右は千咲を離し、目を伏せて言う。

「すまぬ、騙すつもりはなかった」

支度の手を止めない圭右から着物を奪った千咲は、ふたたび抱きつく。

「夢でうなされていたから、つい見てしまったの。何があったのか教えて、お願い」

圭右はしばらく身を固めていたが、力を抜き、あぐらをかいた。

胸に頬を寄せた千咲に、惚れた人のことはすべて知りたいと願われた圭右は、静かに語りはじめた。

「今から十三年前、夜中に侍が、家に押し入ってきた。父と母を殺され、姉が手込めにされるのを、隠し部屋で見ていたのだ。幼かったわたしは、恐ろしくて何もできなかった。だが聞いたのだ。姉を殺した者の仲間が、役人が来ることを教えると、若と呼ばれていたその男は、抵抗できぬ姉に、言うことを聞かないからこうなったのだと言い、胸に刀を突き入れ、逃げた」

「顔を見たの」

圭右は首を横に振った。

千咲は言う。

「いちだ家の者だと、どうしてわかったの」

「奴らが逃げたあとすぐ、隠し部屋から這い出たからだ。苦しそうな姉に駆け寄り、身体を揺すると、姉は目を開け、江戸のいちだ、とだけ言い残して、目を開けたまま死んでしまった」

圭右は、悔しそうに唇を嚙みしめた。

震えている圭右を、千咲はきつく抱きしめた。

「家族の無念を晴らすために、江戸中のいちだを斬るつもりなの」

「……」

「ほんとうの仇じゃなくても、殺すの」

圭右は身を固めたまま、答えない。

「お願い、やめて。忘れろとは言わない、でも……」

「言うな」

言葉を遮《さえぎ》った圭右は、千咲を離して背を向ける。

「やっと、真の仇を見つけた。次で終わりだ」

千咲は圭右の正面に回り、手を取ってにぎった。そして、不安をぶつける。ほんとうに、終わりなのかと。

圭右は手をにぎり返した。

「嘘ではない。駿河台《するがだい》の五千石旗本、一田志摩守忠冬《いちだしまのかみただふゆ》の名に印を記していたのは、仇とわかったからだ。屋敷を探っていた時、出てきた家中の者が、気味が悪い、行方がわからぬ風間《かざま》の息子ではないか、と言うのを、この耳で確かに聞いたのだ」

「風間……。それが、圭右様の苗字なの」

圭右はうなずいた。

噂話をしていただけではないか。

そう千咲が言うと、圭右は首を横に振る。

「風間家は、八王子《はちおうじ》の田舎侍《いなかざむらい》だ。小者の田舎侍が殺されたことなど、江戸に知れ渡ってもいないはず。その風間家の息子のことを一田の家来が口にするのは、真相を知っている証だ。奴らが押し入ったに違いない。だから、一田家の者を皆殺しにして、恨みを晴らす。すべて終われば、刀を捨てる。約束するから、黙って行かせてくれ」

悲惨な過去を持つ圭右を哀れんだ千咲は、泣きながら圭右を抱き、死なないでくれと言った。

圭右は、そんな千咲を抱きしめた。この時の圭右は、表情に悲愴《ひそう》な様子は微塵《みじん》もなく、穏やかだった。

日が沈み、駿河台の通りは、すれ違う人の顔が、間近でようやく見えるほど暗い。

家路を急ぐ中年の侍が角を曲がると、通りに人気が絶えた。

風間圭右は、他家の脇門の軒下《のきした》で、暗がりに溶け込むように立っている。見つめる先には、ひっそりとした表門がある。登城した一田志摩守忠冬の帰りを、待ち伏せしているのだ。

程なく、暗い通りに六人の集団が現れ、歩んでくる。狙う相手を調べていた圭右は、忠冬の一行と確信し、軒下から出た。

表門に向かう六人の前に立ちはだかり、供侍の背後にいる男を見据《みす》える。

「一田忠冬、積年の恨みを晴らす」

供侍が刀に手をかけて守ろうとしたが、どけ、と言い、三人が前に出る。

「若造、いちだ家のあるじを狙うのは貴様か」

頬がこけた侍に、圭右は見覚えがあった。あの日、若、と声をかけた者だ。

そのことを圭右が言おうとする前に、侍は抜刀術で斬りかかってきた。

跳びすさってかわした圭右が、鯉口を切って抜き、右手を下げる。

頰がこけた侍が、八双《はっそう》の構えから袈裟斬りに打ち下ろす一刀を、圭右は右手のみで弾き返した。

もう一人、あの夜に押し入った侍が加勢し、圭右の左側から斬りかかった。

圭右はその一撃を引いてかわし、右手を振るって相手の背中を斬った。

ぎゃぁ、と悲鳴をあげた家来。

その声を聞き、一田家の門から人が出てきた。

他家からも人が出たが、忠冬が大声で言う。

「加勢無用!」

するとその者たちは、頭を下げ、門に下がった。

忠冬は家来に守られ、圭右は逃げ道を塞がれた。

「貴様、何者だ」

忠冬が問う。

圭右は忠冬に、恨みに満ちた目を向ける。

「十三年前のことを忘れたとは言わせぬ」

「なんのことだ」

「とぼけるな、八王子のことだ。風間みどりのことを忘れたとは言わせぬ。貴様に殺された両親と姉の恨みを晴らす！」

忠冬は顔色ひとつ変えない。

「知らぬことだが、捨ておけぬ。本崎《ほんざき》、青山《あおやま》、言いがかりをつけて人を殺《あや》める辻斬りめを成敗しろ」

応じた二人の侍は、頬がこけた男と、忠冬のそばにいる丸顔だ。

丸顔の青山は、本崎と左右に分かれ、正眼に構えて圭右との間合いを詰めた。

青山が気合をかけて斬りかかる。

圭右は間合いに飛び込み、胴を払おうとした。だが、青山は太刀筋を見切って、受け止めると同時に右足を引き、圭右の顔に左の肘鉄《ひじてつ》を食らわせた。

強烈な一撃に、圭右は一瞬目がくらむ。だが、歯を食いしばり、

「おのれ！」

と、叫んで押し離し、刀を振るう。

鋭い切っ先を受けそこねた青山は、右の手首を斬られ、圭右を睨んだ。

「若造《こわっぱ》、やるではないか」

青山は言うや否や、猛然と出た。

打ち下ろされる鋭い一刀を圭右が受け止め、鍔迫り合いになる。すると青山は、不敵な笑みを浮かべた。

背後の殺気にいち早く気づいた圭右は、斬りかかった本崎の一撃をかわすべく、横に引いた。

「馬鹿め！」

真後ろから、忠冬の声がしたと同時に、圭右の胸から槍《やり》の穂先《ほさき》が突き出た。

槍持ちから槍を受け取っていた忠冬は、鞘《さや》を飛ばし、突き殺す隙を狙っていたのだ。

あの夜、家族を殺した者たちを目の前にしながら、圭右は不覚を取った。

槍を抜かず、嬉々《きき》とした顔で押す忠冬。

口から血を吐いた圭右は、胸から突き出た穂先をつかみ、苦しみと恨みに満ちた声をあげている。右手ににぎる刀を、本崎に向けて振り上げた時、槍が抜かれた。

忠冬に振り向く圭右の左右から、本崎と青山が刀を突き入れ、引き抜く。

目を見張った圭右は、刀を落とし、仰向《あおむ》けに倒れた。

「圭右様！」

叫んでしがみついたのは、圭右の仇討ちを見届けるべくあとをつけてきていた千咲だ。

圭右は、目尻から光るものを流し、忠冬に問う。

「なぜだ、なぜ家族を殺した。姉に、言うことを聞かぬからだと言ったのは、どういう意味だ」

忠冬は、ほくそ笑むだけで、答えない。本崎に、顎《あご》で指図した。

圭右は、千咲を押し離そうとしたが、もはや、力はなかった。

「に、逃げろ」

声を絞《しぼ》り出したが、千咲は、圭右に覆《おお》い被《かぶ》さった。その華奢《きやしや》な背中に、本崎が刀を突き入れる。

呻いた千咲は、目を開けたまま動かぬ圭右の顔に頬を寄せ、息絶《いきた》えてしまった。

第四話　江戸の鬼畜《きちく》

一

岩倉具家は、光代に傷の手当てをしてもらいながら、己の気持ちを確かめていた。

あの日、光代を抱き寄せたのは、一時の気の迷いではない。今もこうして二人でいると、こころが落ち着き、今まで味わったことのない幸福感に、浸《ひた》れるのだ。

同時に、不安が込み上げる。己の暮らしは、先が見えぬ。綱吉に仕《つか》える気などさらさらないのだし、今の左近に仕えれば、公儀が警戒する。何より綱吉が、左近に将軍となる野心が芽生《めば》えたと、疑うであろう。

左近が将軍になることを望む岩倉であるが、綱吉が鶴姫を溺愛《できあい》するあまり、嫁《とつ》ぎ先の紀州徳川家の嫡子《ちやくし》に将軍職を継がせようとしているからには、左近があらぬ疑いをかけられる道に進むことはできぬ。

光代と夫婦になれば、己は幸せになれるであろう。されど、浪々の身の己に嫁ぐ光代は、幸せだろうか。

光代は昨日、改めて縁談のことを聞かされ、嬉しかったと言ってくれた。

実清は、将来を見越していると言うが、左近のほんとうの立場を知れば、育ての母、香祥院の化粧料を恵んでもらい、気ままな暮らしを続けている己などに、娘をやろうとは思わぬはず。

やはり、この縁談は断るべきか。

辛《つら》いが、そのほうが光代の幸せに繋《つな》がるのだと考えた岩倉は、手当てを終えて片づける光代に、すまぬ、と詫《わ》びた。

手当てのことを言われたと思ったのであろう、光代は優しい笑みで首を横に振り、袖《そで》を通す手伝いをしてくれた。

そんな光代に、やはりなかったことにしてくれ、と言うのは酷かもしれぬ。だが、今のままでは不幸にすると自分に言い聞かせ、口を開こうとした時、廊下から、実頼の声がした。

「お邪魔をいたします」

光代は離れて座した。

岩倉は、障子に映《は》える人影に言う。

「入りなさい」

部屋の入口で頭を下げた実頼は、神妙な面持《おもも》ちで入り、面と向かって正座した。

「お喜びください。岩倉様に傷を負わせた者が、成敗されました」

「さようか」

沈んだ声に、実頼が意外そうな顔で問う。

「そのお顔は、嬉しくないのですか」

岩倉は微笑《ほほえ》んだ。

「嬉しいというよりは、安堵《あんど》した」

実頼も微笑む。

「もう安心です。では、ごめん」

すぐに行こうとする実頼を、岩倉は止めた。

「どなたが、曲者《くせもの》を成敗されたのだ」

そう問うと、実頼の顔に動揺の色が浮かび、光代を気にする目を向けた。

一瞬のことだが、見逃さぬ岩倉が訊《き》く顔で待っていると、実頼は戸惑いがちに言う。

「旗本の、一田志摩守忠冬です。あの者は、己の手柄を広めるべく、方々で言いふらしているのです」

実頼は、浮かぬ顔をしている。

察した岩倉が、

「気に入らぬようだな」

まだ何かあるのかと問うと、実頼はうなずいた。

「当然です。下手人《げしゅにん》だけでなく、罪のない女も、もろとも殺したそうですから。向かいの屋敷の者が見ていたらしく、その者の話では、下手人は明らかに、忠冬を恨《うら》んでいた様子だったとか。それがまことならば、あの者のせいで岩倉様が怪《け》我《が》をされたことになるのですから、得意満面なのには腹が立ちます」

光代が口を挟んだ。

「罪のないおなごまで殺されたとは、どういうことです」

実頼は光代に顔を向ける。

「聞いた話では、倒れた下手人に駆け寄り、悲しんでいただけの女を、忠冬は家来に命じて、串刺《くしざ》しにさせたそうです」

後味が悪い結末に、光代は表情をこわばらせている。

岩倉は実頼に、忠冬とはどのような者か問うた。

すると実頼は、顔をしかめた。

「正直に申しますと、嫌いな男です」

「評判が悪いのか」

実頼は首を横に振り、光代を見て言う。

「あの男は、姉上を嫁にくれとしつこく、父上も困っているのです」

思いもしなかった言葉に、岩倉は驚いた。

「実頼、その話は……」

光代に言われて、実頼は慌《あわ》てた。

「むろん、父上は断っています。忠冬のことは、縁談を申し込まれる前から疎《うと》んじておられたそうですから」

岩倉は、険しい顔で問う。

「お父上が疎まれるとは、よほど評判が悪いのであろう。そのような者がいることを、どうしてわたしや左近に言わなかったのだ」

実頼は困り顔をした。

「確かに父は疎んじておりますが、忠冬が人に恨まれるような悪評は、聞いたことがなかったからです」

「そうか。では、その者のことを詳しく教えてくれ」

左近に知らせる気でいる岩倉が言うと、実頼は、知っていることを話した。

忠冬は現在三十三歳。

領地は八王子と隣接し、側室の子である忠冬は江戸ではなく領地で生まれ、十三年前まで、領地の陣屋《じんや》にいたという。

圭右の事情など知る由《よし》もない岩倉は、何らかの私怨《しえん》で襲い、逆に斬られたのだと、そう思った。

ともあれ、いちだ姓の侍を狙う者はいなくなった。

用心棒として市田家に逗留《とうりゅう》する意味がなくなった岩倉は、光代のこともあり、一度頭を冷やすべく、香祥院がいる寮《りょう》に帰ると二人に告げた。だが、そうと知った実清が離れに駆けつけ、傷が癒《い》えるまでいろとしつこい。

困った岩倉は、

「このまま甘えるわけには……」

と、遠慮したのだが、実清は聞かぬ。

「香祥院殿には、傷が治るまでいてもらうと知らせて、許しを得ております」

「許し……」

子供扱いに、岩倉は苦笑いをする。

その時、岩倉の目に、光代の不安そうな顔が映《うつ》った。

実清の背後に正座している光代は、忠冬の名を聞いた時から、笑みを見せぬようになっている。

何かある、と察した岩倉は、実清の目を見た。

「実頼殿から、一田忠冬殿のことを聞きました。今も、しつこくされているのですか」

「いや、断ってからは何も。されど時々、屋敷の周囲に怪《あや》しい者がおることがあります」

「忠冬殿の手の者だと」

「何も言うてはきませぬから、思い過ごしだとは思うのですが……」

歯切れの悪い物言いが気になった岩倉は、やはり傷が癒えるまで世話になることにした。

「怪しい者がいると聞いては帰れませぬ。もうしばらく、お世話になります」

頭を下げると、実清と実頼が安堵し、光代は、ようやく笑みを浮かべた。


西ノ丸で甲府藩主としての務めを果たしていた新見左近は、岩倉から届いた文《ふみ》を受け取り、一田忠冬が恨まれていたことを知った。

下手人が何を恨みに思っていたのか気になった左近は、これだけの騒ぎを起こした元凶《げんきょう》は忠冬にあるとみなし、共に政務をしていた間部に言う。

「急ぎ柳沢殿と会えるようにしてくれ」

筆を置いた間部が、すぐに動いた。

程なく戻った間部が、

「本丸御殿にご足労願いたいそうです」

と、申しわけなさそうに言う。

快諾《かいだく》した左近は、本丸御殿に渡った。

柳沢が部屋に来たのは、半刻《はんとき》（約一時間）後。西日が部屋に差し込み、純白の襖《ふすま》が金色《こんじき》に染まっている。その襖に影を映した柳沢は、

「上様に呼ばれ、遅くなりました」

悪びれる様子もなく言い、むしろ、何用か、と迷惑そうな面持ちだ。

「忙しいところをすまぬ。例の、いちだ家を狙う下手人のことで、そなたに訊きたいことがある」

「一田志摩守のことならば、申し上げることは何もありませぬ」

聞こうともしない柳沢は、目を伏せている。

左近は鼻先で笑った。

「そなたらしくもない。ずいぶん歯切れが悪いな」

柳沢は笑みを見せぬ。

「一田志摩守は、桂昌院《けいしょういん》様の覚えめでたき者。護国寺の新たな堂宇《どうう》の建立《こんりゅう》の際には、資金集めで東奔西走《とうほんせいそう》し、商人から万両の金を献上させております。何を探ろうとしておられるか見当もつきませぬが、これだけは申し上げておきます。桂昌院様から睨《にら》まれれば、そなた様とて、無事ではすみませぬぞ」

きつく釘を刺す柳沢に、黒い繫がりを疑わずにはいられない左近である。

「たたけば埃《ほこり》が出る、そういうことか」

「…………」

答えぬ柳沢に、左近は心中を明かさぬほうがよいと思い、その場は引き下がった。

「ちと、気になり訊いたまで。下手人が成敗され、市中に平穏が戻ったならそれでよいのだ。邪魔をした」

左近は立ち上がり、西ノ丸に戻るべく廊下に出た。

このわずかなやりとりを聞いている者がいたのだが、左近をもってしても、気づけなかった。

廊下を歩く左近を物陰から見送っているのは、桂昌院が本丸に置いている間者《かんじゃ》だ。

その者は、ただちに大奥へ知らせた。

二

左近が忠冬を探ろうとしているのを知った桂昌院は、忠冬が何か罰せられることをしているのではないか、と案じずにはいられない。

「大島《おおしま》をこれへ」

呼ばれたのは、桂昌院に仕える侍女《じじょ》の一人。

古参の大島は、桂昌院のそばに寄り、耳を貸した。

小声で何ごとか告げられた大島は、離れて頭を下げる。

密命を受けた大島が城を出たのは、程なくのことだ。

供も連れず、一人で暗い夜道を急いで向かった先は、一田忠冬の屋敷。

桂昌院の懐刀《ふところがたな》である大島の来訪に、一田家家中の者たちは慌て、丁重《ていちょう》に迎えた。

やや背を反《そ》らせ、桂昌院に信頼されているという己のおごりを示すように、顎《あご》を上げ気味に歩む大島。案内された部屋で待っていると、程なくして、忠冬は家来を連れず、一人で現れた。

「大島殿、お待たせしました。今日はどのようなご用でしょう」

神妙に頭を下げる忠冬に対し、大島は意地の悪そうな笑みを浮かべる。

「桂昌院様が、そなた様のことを案じておられる。志摩守殿、西ノ丸様に睨まれるようなやましいことを、してはおりますまいな」

「はて、とんと身に覚えがございませぬが。西ノ丸様は、それがしの何をお疑いですか」

「ご老中格の柳沢殿を訪ねられ、そなた様のことを訊いておられたそうじゃ。おそらく、下手人を成敗されたことではないかと、桂昌院様は案じておられます。

下手人がそなた様を恨んでいたようだと申す者がいることは、桂昌院様の耳にも届いておりますから」

すると忠冬は、にこやかに大島を見た。

「やましいことは何もありませぬ」

「まことですか」

「はい。それがしが江戸を騒がせていた下手人を成敗したことを、妬《ねた》みに思う者がいるのでしょう。小さきことで、ご心配をおかけしました。これは、ほんの気持ちでございます。桂昌院様に、よしなにお伝えくだされ」

忠冬から小判百両を差し出された大島は、引き取ろうとしたが、その手をつかまれた。

「何をなさる」

睨む大島に、忠冬は微笑み、小判十枚を手のひらに載せた。

「わざわざご足労をおかけしたお詫びに、お受け取りを」

指を曲げてつかまされた大島は、まんざらでもなさそうな顔をする。

「わかりました。桂昌院様には、わたくしからしかとお伝えいたします」

「はは。夜歩きは物騒でございますから、当家一の遣《つか》い手《て》、本崎に送らせましょう」

声がかかるのを待っていたかのごとく現れた本崎に、大島は嬉しそうな顔を向ける。

「本崎、城の門限に間に合うようお送りいたせ」

「承知つかまつりました」

帰る大島を部屋で見送った忠冬は鼻先で笑う。大島と本崎ができていることは、とうに知っているからだ。

「どうせ、朝まで帰りはすまい」

独りごちると、横手の襖が開いた。

隠れて聞いていたのは、側近の木場《こば》だ。

そばに来た木場が、不安そうに言う。

「西ノ丸様は、殿の何をお疑いなのでしょうか。まさか、風間圭右のことでは……」

「昔のことを知ったところで、どうにもならぬことよ」

「桂昌院様は、西ノ丸様に弱みをにぎられることを案じておられるご様子。万が一ばれれば、桂昌院様は容赦《ようしゃ》なく殿をお見捨てになられましょう」

「案ずるな。桂昌院様にとって、万両の金を作るわしは必要な存在だ」

「しかし……」

「西ノ丸めは、目障《めざわ》りよのう」

ぼそりと言う忠冬の、奸計《かんけい》をめぐらせる時に見せる表情に、木場は息を呑《の》んだ。

「殿、大それたことをお考えならば、おやめください」

忠冬がじろりと睨み、片笑《かたえ》む。

「お前は心配性なのだ。わしには桂昌院様がついてくださっておる。上様とて手は出せぬ。そうであろう」

「殿……」

「案ずるな。わしが動かずとも、西ノ丸が出しゃばれば、桂昌院様が黙っておられぬ。次の建立は間近だ。抜かりはあるまいな」

「はい。今のところ、護持院《ごじいん》の宿坊《しゆくぼう》増築分の一万両は、なんとか集めております」

「ようやった。桂昌院様がお喜びになられよう」

「はは」

「だが今は、金が集まったことは伏せておこう」

「何ゆえでございます」

「まあ見ておれ。よいことを思いついたのだ」

木場も笑みを浮かべたが、何かをたくらんでいるはずの忠冬が背を向けると、笑みを消し、不安そうな顔をした。

三

西ノ丸で書類に目を通していた左近のもとに、又兵衛が来た。

「殿、一田忠冬殿のことをご報告いたします」

次の間の入口に座して言う又兵衛を、左近はそばに寄らせた。

応じた又兵衛は、居室に座す左近の前に来て、調べたことを告げた。

それによると、忠冬は先代一田義隆《よしたか》の次男。領地の陣屋で生まれた庶子《しょし》であるが、十三年前に、江戸屋敷に呼ばれている。長らく部屋住みの身だったのだが、正室の子である腹違いの兄が病《やまい》でこの世を去り、二年前に家督《かとく》を継いでいる。

そこまで告げた又兵衛は、さらに膝《ひざ》を進め、身を乗り出して言う。

「部屋住み時代のことで、気になることが」

「いかがした」

「屋敷が隣接する旗本の者によりますと、次男が屋敷にいることは知っておりましたものの、駕籠《かご》を使う以外、ほとんど屋敷の外を歩くことなく、顔を見たことがなかったとか。姿を見るようになったのは、父親が他界し、家督を継いでからだそうです」

左近は目を伏せ、考えた。

「幽閉《ゆうへい》されていたのだろうか」

そう言うと、又兵衛はうなずく。

「近所の旗本のあいだでは、そう噂《うわさ》されていたそうです」

「そのような者が、どこで桂昌院様と近づいたのだろうか」

「父親の義隆殿が、護国寺の建立に携《たずさ》わっております。跡を継ぐ忠冬殿を、前から会わせていたのではないかと思われます」

「そういうことか」

左近は、岩倉が文に書いていたことを又兵衛に伝えた。

「市田実清殿は、忠冬のことをよく思っておらぬらしく、嫁がせる気はないようだが、付き合いも縁もない市田家の娘を自ら妻に望むのは、どこかで出会ったからだろうか」

そう問うと、又兵衛は神妙な顔で首を横に振った。

「縁談のことは調べておりませぬ。実清殿は、何を理由に忠冬殿を疎んじているのでしょうか」

「具家殿の文には、忠冬は桂昌院様の覚えめでたいことをおごり、城中での振る舞いがよくないらしいと書いてある。実清殿は蔵方だったが、どこかで忠冬の姿を見ていたのであろう。もっとも、市田家当代の実頼殿は、忠冬をそう見てはおらぬようだが。悪い噂はないそうだな」

「皆、桂昌院様に遠慮をしておるのでしょう。それがしも実清殿と同じで、忠冬殿をたまたま目にした際には、不快を覚えておりましたゆえ。顔は笑っておりますが、人を見くだした目つきは、こころの闇を感じるのです」

元大目付だけあり、人を見る目は確かだ。

その又兵衛が言うのだから、あまりよい人間ではなさそうだ。

「若い侍が恨んでいたのも、そこに通じるのかもしれぬな」

左近が言うと、又兵衛はうなずき、報告した。

「恨まれる理由は江戸にはないと思い、忠冬殿が二十歳《はたち》まで過ごした八王子に、砂川穂積を行かせました」

穂積は元隠密《おんみつ》。何かわかるだろうと思った左近は、帰りを待つことにした。

忠冬は、桂昌院が隆光大僧正《りゅうこうだいそうじょう》に会うため、神田橋御門外《かんだばしごもんがい》の護持院を訪ねる日におもむき、宿坊で拝謁《はいえつ》した。

人払いをした桂昌院は、侍女の大島に外障子まで閉めさせ、忠冬と向き合った。

「今日は隆光殿と大切な話がある。手短に」

一見慈愛《じあい》に満ちた容姿だが、忠冬にとっては、鋭利な刃物のような冷たさを感じさせる桂昌院に対し、平身低頭《へいしんていとう》して臨《のぞ》む。

「西ノ丸様が、護国寺の新たな堂宇の建立の折に献上した二万両の出どころを突き止めようと、人を動かしているようです。痛くもない腹を探られるのは忍びなく、また、金を出してくれた商家の者たちの中には、西ノ丸様を恐れて、それがしとの付き合いをやめたいと言う者が出ております」

桂昌院は、怒気《どき》を浮かべた。

「やましい金ではないはず。何を恐れるのです」

「先日それがしを斬らんとした若者が、それがしを恨んでの所業だったと、身に覚えのないことを言いふらす者がいたからです。商人どもは信用第一。悪評が流れたうえに、西ノ丸様がそれがしのことをお探りだと知り、火の粉《こ》を被《かぶ》ることを恐れたのでしょう」

「商人の寄進《きしん》を頼るそなたにとっては、辛いことであろう」

「このままでは、桂昌院様のお力になれませぬ。西ノ丸様が手を引いてくだされば、商人たちはふたたび寄進をする気になりましょうから、なんとかしていただけませぬでしょうか」

泣きつく忠冬に、桂昌院は考える顔をした。

神社仏閣《じんじゃぶつかく》の建立に、忠冬が引っ張ってくる多額の資金は大いに役立っている。元々左近を疎んじている桂昌院は、建立に大金を注ぎ込むことをやめさせるために、忠冬に手を伸ばしたのだと思うのだった。

「あの者は、わらわのなすことが気に入らぬのです。こたびの改鋳《かいちゅう》のことも、わらわが大金を注ぎ込むせいで、幕府の財政が悪くなっているのが根底にあると、思っているに違いない。そなたを探るは、殊勝《しゅしょう》にも寄進してくれた者たちへの冒瀆《ぼうとく》じゃ」

桂昌院が言うことに忠冬は賛同し、面《おもて》を上げて怒りを煽《あお》る。

「おっしゃるとおりです。次期将軍ともあろうお方が、目先のことばかり見る低俗な学者が言うことを真《ま》に受けて建立の邪魔立てをするとは、神仏を恐れぬ所業。西ノ丸様を恐れる者が寄進をやめたことで、先日ご報告申し上げた一万両を揃《そろ》えることは、難しくなりました。このままでは、桂昌院様が望まれた護持院の宿坊増築が、難しくなります」

桂昌院は目を見張った。

「それは困る。ご住職には、かかる金の一部を寄進する約束をしたばかりです。なんとかなりませぬか」

忠冬は、さも悲しげで、申しわけない顔を作った。ここに来るまでに、鏡を見て作り上げた芝居の顔だ。

「今のままでは……」

首を横に振る忠冬に、桂昌院は怒気を浮かべる。

増築できなくなれば、己の顔が立たぬ。

そのことで気を揉《も》む桂昌院は、忠冬の心底を見抜く目が曇っていた。

「わかりました。上様には、綱豊殿の勝手な振る舞いを許さぬよう、わらわからよう言うておきましょう」

「はは」

ふたたび平身低頭した忠冬は、額《ひたい》を畳につけ、ほくそ笑んだ。

左近は西ノ丸の庭で、念流の遣い手である早乙女一蔵を相手に、剣技を磨いていた。

葵一刀流を極めている左近の技に、一蔵は汗だくになり、懸命に対応している。

一蔵が渾身《こんしん》の技を繰り出した。だが、左近に木刀の刀身を押さえ込まれ、気づいた時には、喉元《のどもと》に切っ先をぴたりと止められていた。

「参りました」

一蔵は左近から離れ、頭を下げた。

「もう一勝負」

左近が言い、互いに正眼《せいがん》で切っ先を交《まじ》えた時、廊下を急いで来た間部が、縁側で片膝をついた。

「殿、上様がお呼びでございます」

今日の登城から戻り、まだ一刻（約二時間）も経《た》たぬというのに何ごとだろうか。

木刀を一蔵に渡した左近は、小姓《こしょう》が差し出した手拭《てぬぐ》いで汗を拭《ふ》き、登城の支度にかかった。

裃《かみしも》姿《すがた》の正装で登城した左近は、黒書院《くろしょいん》に通され、綱吉に謁見《えっけん》した。

綱吉は人払いをし、太刀持《たちも》ちの小姓も下がらせると、やおら立ち上がって上段の間から下り、下段の間の中央に座す左近と膝を突き合わせた。

平伏《へいふく》している左近は、面を上げよ、と言われて身を起こす。すると、綱吉が睨み据《す》えていた。

「一田志摩守の何を調べているかは問わぬ。すぐに手を引け」

左近が異を唱《とな》えようとする口を制し、

「これは命令じゃ」

綱吉は、強く押さえつける口調で言った。

だが、左近は引かぬ。

「いちだ姓を名乗る武家が狙われた事件に、志摩守が深く関わっているやもしれませぬ。これを見逃せば……」

「とにかく放っておけ、よいな」

桂昌院様によろしくないのでは、と言おうとした左近であるが、綱吉は聞く耳を持とうとしない。

桂昌院の差《さ》し金《がね》だと察した左近は、とりわけ母を大切にする綱吉に、なんの証《あかし》もないことを告げても無駄なことと思い、言葉を慎《つつし》んで応じた。

近頃の綱吉は、改鋳を批判する新井白石のもとに足繁《あししげ》く通う左近のことをよく思っていない。

命令と言われて従った左近だが、綱吉は疑う目をやめぬ。

「やけに素直だが、いったい何を考えておる」

「何も。志摩守を信じておられる上様のお考えに従うまでにございます」

「よいこころがけじゃ。他のことにも素直になってくれれば、なおよいが」

嫌味を言う綱吉に、左近は微笑む。

「逆らうなど滅相《めっそう》もなきこと。上様の世の安寧《あんねい》を願うばかりでございます」

「ならばよい。桂昌院様には、余《よ》からよう言うておく。案じず、おとなしゅうしておれ」

「はは」

「急の呼び出し許せ。下がってよい」

左近は平伏し、退出した。

見送った綱吉は、ため息をつく。

「どう思う」

声をかけると、御入側《おんいりがわ》に控えていた柳沢が入り、綱吉のそばに座して言う。

「まだ何も、つかんではおらぬようです」

「綱豊が目をつけたからには、志摩守には何かあるはずだ」

「ご命令あれば、調べまする」

「よい。母上は余に、綱豊を止めよと仰《おお》せになったのだ。そちまで動けば、母上が悲しまれる。志摩守は母上によう尽くしてくれるゆえ、放っておけ」

「はは」

柳沢を残して黒書院を出た綱吉は、中奥《なかおく》御殿へ戻った。

広い書院に一人で座している柳沢は、険しい面持ちで、しばらく考えごとをしていた。

何を思うかは、誰にもわからぬことだ。

四

翌日も、市中にくだることなく西ノ丸にいた左近は、間部と共に書類に目を通していた。

一田忠冬の調べをいっさいやめるよう言われた又兵衛は、いささか不満げであるが、口には出さず、左近のそばに控えている。

桂昌院と綱吉に睨まれれば、左近の立場が悪くなると思っているのだ。

昼下がりになり、居眠りをはじめた又兵衛を見た左近は、間部と二人で微笑んだ。

首をかくんと落として目をさました又兵衛が、驚いたように顔を上げ、書類に目を通している左近に言う。

「殿、一休みされませぬか。もう二刻（約四時間）も根を詰めておられますぞ」

左近は書類を置いた。

「もう少しで終わる。又兵衛は、先に休んでおれ」

すると又兵衛は、探る顔を向ける。

「さては今日中に終わらせて、お琴様のところに行かれるおつもりですな」

左近が黙っていると、間部が代弁する。

「殿は、砂川を待っておられるのです」

又兵衛は驚いた。

「穂積を？」

「帰りが遅い。そう思いませぬか」

間部に言われて、又兵衛は首を横に振る。

「ご心配なく。何があろうと、穂積なら必ず戻ります」

そう言いつつ、又兵衛は、何か知らせが来ていないか訊いてくると言い、部屋から出ていった。

同じ頃、屋敷にいる忠冬は、桂昌院の侍女大島から、綱吉が左近を叱責《しっせき》したと伝えられ、例のごとく金を差し出した。

桂昌院に百両、大島には十両。

手間をおかけしたお詫びの印だと言い、喜んで帰る大島を表玄関まで見送った。

例のごとく、本崎に送らせた大島の姿が見えなくなると、忠冬はほくそ笑む。

「どうだ木場、わしは西ノ丸様をも押さえつける力を得たぞ。三日後に、一万両が集まったと桂昌院様に申し上げることとする」

などと、他人の力を己の力と称し、得意満面だ。

次第に、若き頃の姿に戻る忠冬に、木場は案じる面持ちをしていたが、忠冬が目を向ければ笑い、

「殿のご尽力のたまもの。一田家は安泰《あんたい》にございまする」

と、諂《へつら》う。

忠冬は満足そうに、部屋に戻った。

忠冬の思惑どおり、左近は江戸での調べはやめさせた。だが、ことを終わらせたわけではない。八王子に行った穂積の帰りを待っているのだ。

その穂積が戻ったのは、さらに二日が過ぎた昼間だった。

日に焼けた穂積は、休むことなく左近の部屋に来ると、ただいま戻りました、と頭を下げ、又兵衛と間部がいる前で報告した。

「一田忠冬が江戸に来た十三年前のことを調べましたところ、気になることがわかりました」

それによると、十三年前、八王子に暮らす小者の家に賊が押し入り、あるじ夫婦を殺し、娘をひどい目に遭《あ》わせたあげく命を奪って逃げたのだが、下手人は捕らえられていないという。そして、当時五歳だった息子が、行方知れずのままになっている。

当時を知る者の話によれば、金目当ての押し込みとして片づけられ、息子は売るために攫《さら》われたこととして、ろくな調べもされずじまいになっていた。

左近は穂積に訊く。

「小者と申したが、詳しくわかったか」

「はい。被害に遭いましたのは、八王子の地侍《じざむらい》で、名は風間一徳《いっとく》。侍と申しましても、八王子のはずれで田畑を耕《たがや》して暮らし、ほぼ百姓に近い小者。それゆえ、見つかった時には、殺されて数日が過ぎており、当時の役人は、さして調べもせぬまますませ、今は家もありませんでした」

「その事件があった頃に、忠冬が江戸に呼ばれたのか」

「調べましたところ、事件が起きたその月に、江戸屋敷に呼ばれております。気になりますのは、風間家の土地と、一田家の領地が隣接しており、陣屋も近いことです。さらに、当時調べに当たった役人は、一田家に近しい者でした」

又兵衛が口を挟む。

「近しいとは、どういうことだ」

「一田家は代々、かの地を領しており、役人は、一田家の陣屋を守る家臣の縁者でした。その役人は、今は八王子にはおらず、行方がわからぬそうです」

又兵衛が続けて問う。

「その役人の名は」

「青山正吾郎《しょうごろう》という者で、剣の腕が立つことで、八王子では知らぬ者がいなかったそうですが、同時に、地元のやくざ者との繋がりなど、悪評もございました。いなくなったのは、やくざとのいざこざで八王子に暮らせなくなったのではないかという声が、大半です」

「殿、どう思われますか」

又兵衛に言われて、左近は穂積に訊く。

「一田忠冬と、風間家の繋がりはないのか」

「調べた限りでは、ございませぬ。ですが、風間家の者はある時から、何かに怯《おび》えていたようだと言う者がおりました。特に娘のことを守り、一人で外へ出さぬようになっていたそうです」

「そのことと、押し込みの下手人が繋がってはいまいか」

左近が言うと、穂積はうなずいた。

「考えられます」

間部が、左近に膝を転じた。

「殿、いちだの者を恨み、襲っていた者は、行方がわからなくなっている息子ではないでしょうか。両親と姉が殺されるのを、見ていたのかもしれませぬ」

左近は、間部の意見にうなずく。

「幼《おさな》くとも、凄惨《せいさん》な場を見ておれば、決して忘れることはできまい。家族の誰かが、今わの際に苗字《みようじ》のみを教えたと考えれば、いちだ姓の者を狙ったこともうなずける。忠冬が成敗した者は、若者だったな」

間部がうなずく。

「二十歳前後だと聞いています」

「ならば、息子と歳が合う。間違いなければ、復讐の鬼と化し、剣の腕を磨いて生きてきたのであろう。そのせいで罪なき者が殺されたことを思うと、胸が痛む」

左近の言葉に、又兵衛が険しい顔をした。

「殿、元凶が一田忠冬ならば、厄介《やつかい》ですぞ。これ以上の詮索《せんさく》は、上様に逆らうこ

た。

「いかに桂昌院様に気に入られておろうとも、悪《あく》を見逃すわけにはいかぬ」

そう言う左近の頭には、忠冬から妻に望まれている、光代のことが浮かんでいた。


左近が憂《うれ》えていたその頃、忠冬の屋敷に急使が入った。

木場から文を受け取った忠冬は、封を切って目を通すなり、厳しい顔になる。

「殿、代官《だいかん》はなんと言うておるのです」

訊く木場に、忠冬は文を渡した。

「怪しい者が、十三年前のことを探っていたそうだ」

木場は驚き、文を読んだ。そして、不安そうな顔で言う。

「まさか、西ノ丸様の手の者でしょうか」

「そうとしか思えぬ。風間家のことが桂昌院様の耳に入れば、わしは見捨てられる。おしまいじゃ。どうすればよい、何か策を考えよ」

木場はしばし黙り込み、考える顔をしていたが、何かを思いついた様子で忠冬に近づく。

耳打ちをされて驚く忠冬に、木場は腹が据わった面持ちで頭を下げた。

「それがしに、万事おまかせください」

そう言うと、部屋から出ていった。

座して見送った忠冬は、たくらみに満ちた悪い笑みを浮かべた。

五

光代のことを気にしていた左近は、間部を市田家に使わし、世話になっている岩倉の見舞いをさせる名目で、一田忠冬のことを耳に入れさせた。

その間部が戻ったのは、日暮れ前のことだ。

浜屋敷《はまやしき》から呼び戻し、西ノ丸小姓に転身させたばかりの雨宮真之丞《あめみやしんのじょう》が、左近がいる茶室を守っていた。

雨宮は凜々《りり》しい顔で間部に頭を下げ、外障子から声をかける。

「殿、間部殿が戻られました」

「通せ」

「はは」

雨宮は障子を開け、間部に頭を下げる。

雪駄《せった》を脱ぎ、四《よ》つん這《ば》いで中に入る間部が正座するのを待ち、左近は自ら茶を点《た》て、差し出した。

「おそれいります」

作法にのっとって茶をいただいた間部は、岩倉の様子を伝えた。

「傷は、外で身体を動かせるほどよくなられております」

「それは何より」

左近は天目茶碗《てんもくぢゃわん》を引き取り、安堵の息を吐く。

間部がさらに告げる。

「一田忠冬のことをお教えしたところ、光代殿のことは心配せぬようにとのこと。旗本の屋敷に押し込むほど愚《おろ》かではあるまいが、万が一来た時は、成敗するとおっしゃいました」

「そうできるほど、傷が癒えておるのか」

「いえ。口ではそうおっしゃいますが、時折、痛みをこらえておられるように見えました」

「そんなことだろうと思い、真之丞を呼び戻したのだ。真之丞」

「はは」

応じた雨宮が外障子を開けた。

「これを持ち、市田家にゆけ」

左近が書状を置くと、間部が引き取り、雨宮に渡した。実清に宛てた書状には、雨宮に岩倉を守らせると記されているが、密《ひそ》かに光代を守るのが目的だ。

剣の腕が立つ雨宮に、左近は警固《けいご》を託したのだ。

雨宮が茶室を離れて程なく、別の小姓が来た。

「殿、夕餉《ゆうげ》の刻限にございます」

「戻る」

左近は間部と二人で茶室を出た。

御殿の居室に入り、座して程なく、三人の奥女中が膳《ぜん》を持ってきた。

三の膳まで並べ、支度が調《ととの》えられたところで、左近は奥女中たちを下がらせ、箸《はし》を取った。

毒見を終えた料理は、ほぼ冷めている。

冷めても味が落ちぬように作られているが、お琴と食べる温かい料理には遠く及ばない。

そろそろ、お琴の手料理が恋しくなっている左近であるが、黙って箸をつけようとした。

「お待ちを」

止める間部に、左近は手を引いて顔を向けた。

「いかがした」

間部は、奥女中が去った廊下に目を向け、そこに控えている小姓に問う。

「一人、いつもと違う奥女中がいたようだが」

すると小姓が、両手をついて答える。

「急な病で出仕《しゅっし》できなくなり、かわりの者を立てました」

西ノ丸の奥御殿では、本丸の大奥とまではいかぬが、大勢の女が奉公している。

左近のそばに来ることが許されている奥女中は限られているとはいえ、かわりの者は多い。違う者が来ることはこれまでもあったが、間部は油断しない。

「殿、念のため調べます」

そう言うと、懐から出した袱紗《ふくさ》を開き、銀の棒を取った。

膳に膝行《しっこう》し、料理が盛られている漆器《しっき》ひとつひとつに差し込み、毒の有無を確かめた。

煮物や焼き物に異常はない。続いて吸い物に棒を浸けた時、銀が黒く変色した。

間部が、険しい顔を左近に向ける。

吸い物が置かれていた膳は、かわりの奥女中が持っていた物ではなく、いつもの奥女中が持っていた物だった。

「三人とも問い詰めます」

間部がそう言って立ったが、

「待て」

左近は止めた。

応じた間部が、考える左近の言葉を待った。

「二人の素性《すじょう》は余も知っている。新しい者の素性は、わかっておるのか」

間部は下座に歩み、小姓に問うた。

小姓は左近のそばに呼ばれ、奥女中の素性を明かした。

名はお藤《ふじ》。

半月前に、大奥から下げられたばかりの者だった。

そうと聞いた間部が、左近に言う。

「まさか、桂昌院様の息がかかった者では」

「間者だと言うのか」

「はい。やはり捕らえて、厳しく調べます」

「待て。桂昌院様の口添えで来た者ならば、ことを荒立てては角が立つ」

「しかし……」

「まあ聞け。大奥からくだされたのは、お藤が初めてではあるまい。外から忍び込んだ者が、隙《すき》を見て入れたかもしれぬ」

「では、密かに調べます。念のため、判明するまで西ノ丸をお離れください」

「うむ。次の登城の日まで、お琴の家に潜《ひそ》むといたそう。毒のことは他言せず、十日のうちに突き止めよ」

「はは」

左近は、翌朝お琴の家に行くことにし、その日は寝所で眠った。

夜中は、刺客を警戒した小五郎の配下たちが守り、何ごともなく朝を迎えた。

朝早く起きた左近は、朝餉もとらず、西ノ丸を離れる前に残った書類に目を通していた。甲府の領地に関わることで、領民のために、急ぎ断をくだす必要があったのだ。

麦畑を広げたいと願う名主の嘆願《たんがん》に応じ、城から人と金を回す書類に許可のための花押《かおう》を入れていたところへ、間部が来た。

「ちょうどよいところに来た。八代《やつしろ》の開墾《かいこん》を許す。これを、急ぎ城代《じようだい》に送ってやれ」

間部がかねがね案じていたことだけに、嬉しそうな顔で応じるかと思いきや、神妙な顔で受け取る。

左近は案じた。

「いかがした」

すると、間部は書類を収め、改まって言う。

「お藤が姿を消しました。探索の手が伸びる前に逃げたに違いありませぬ。迂闊《うかつ》でございました。申しわけございませぬ」

逃がしてしまったことを悔《く》やみ、浮かぬ顔をしていたのだ。

左近はむろん咎《とが》めはしない。

「では、急ぎお琴のところへ逃げることもないか。溜《た》まっている仕事を片づけよう」

口には出さぬが、行くのを楽しみにしていた左近は、別の書類に目を通しはじめた。

神妙な態度の間部は、ただちに甲府城へ届けると言い、部屋から出ていった。

入れ違いに来た又兵衛が、自ら朝餉の膳を運び、左近の前に置いた。

「殿、夕餉のことを間部殿から聞きました。留守をして申しわけございませぬ」

己の屋敷に帰っていた又兵衛に、左近は笑顔で首を横に振る。

「気にするな。命を狙われるのは慣れておる」

「恐ろしいことをおっしゃいますな。間部殿は、桂昌院様の差し金だと申しますが、殿は鶴姫様にとってなくてはならぬお方。可愛い孫娘のために西ノ丸にいらっしゃる殿のお命を、奪おうとなされましょうか」

「何が言いたい」

「将軍の座を狙う何者かの仕業《しわざ》ではないかと、案じております」

「鶴姫様のお命を狙った者が、動き出したと申すか」

又兵衛は眉間《みけん》に皺《しわ》を寄せてうなずく。

左近は茶粥《ちゃがゆ》の漆器を取り、一口食べたあと口を開いた。

「それはそれで、余が待っていたこと。糸を引く者を突き止め、将軍家をお守りするまでだ。しかし余は、まだ動かぬと見ている。昨夜のことは、一田忠冬の仕業であろう」

「それがしも目を光らせまするが、くれぐれも、油断なされますな」

「うむ」

ふたたび茶粥を食べた左近は、箸を止め、漆器を見た。

「これは、いつもと違う味だな」

又兵衛が慌てた。

「お口に合いませぬか」

「いや、旨《うま》い」

そう言うと、又兵衛は満足そうにうなずく。

「実は、それがしが作りました」

左近は驚き、笑った。

「気を遣わせたな」

「滅相もない。茶粥などは誰でも作れますが、問題はこれからです。毒見をかわされたからには、奥女中が姿を消したといえども、油断なりませぬぞ」

「それならば、心配ご無用」

廊下からの声に、左近と又兵衛が顔を向けると、新井白石が来た。

案内する間部と共に来た白石は、頭を下げて部屋に入り、遠慮なく左近のそばに座して言う。

「昨夜、間部殿から相談を受け、参上つかまつりました。これよりは、食事に使われる器《うつわ》を、すべて銀の物に変えてくだされ。南蛮《なんばん》の王族は、一服盛られた毒を食するのを防ぐために、銀製の食器を使っております。殿もそのようになされば、ご安心かと」

「なるほど。世界のことにも目を向けている師匠らしい、妙案だ」

左近がそう言うと、白石が微笑んで謙遜《けんそん》し、又兵衛は喜んだ。

「信用できる筋の職人に、急ぎ作らせまする」

又兵衛はそう言って、自ら食器の手配にかかった。

六

左近が銀の食器を使いはじめたことは、大島から忠冬の耳に入った。

お藤を西ノ丸に入れたのは、大島だったのだ。

木場から左近の暗殺を持ちかけられた大島は、お藤に繋ぎを取った。

左近の奥女中と、どうして入れ替わることができたのか。それは、お藤が大奥での奉公が長く、信用を得ていたからに他ならない。

そのお藤が、何ゆえ悪事に手を貸したか。お藤は、桂昌院の侍女として力を持つ大島の、間者だったのだ。

大奥では、桂昌院に敵対する者を探らせていたが、今の桂昌院に逆らう者がいるはずもなく、使い道がなかったところへ、西ノ丸へくだしたらどうか、と桂昌院に言われたのだ。

桂昌院は、綱吉の対抗馬だった左近を今も疎んじている。特に、左近が鶴姫のために西ノ丸に入ってからは、綱吉よりも、左近にかける庶民の期待が大であると耳に入ったからだ。

幕府重臣の中にも、密かに綱吉よりも、左近に期待をかけている者がいる。

それゆえ桂昌院は、孫娘である鶴姫の命を守るためとはいえ、左近を西ノ丸に置いておくことを、快《こころよ》く思っていないのだ。

桂昌院が、大奥に置くのは惜しいお藤を西ノ丸に入れたのは、疎ましい左近の動きを把握《はあく》するためだ。

そのことを知っていた木場から、お藤を使うことを持ちかけられた大島は、渡された大金に目がくらみ、桂昌院に内緒で、ことを起こさせていた。

毒殺は失敗したが、西ノ丸の者たちが騒がぬのは、お藤が桂昌院の肝煎《きもい》りで大奥からくだされた者だからであろう。

都合よく解釈した忠冬は、ますますいい気になり、

「これで、わしのことを嗅《か》ぎ回るのも、やめるはずじゃ」

などと言い、満足げだ。

賛同した木場が言う。

「今さら風間家のことを知ったところで、圭右を成敗したのですから、あの夜のことを証言する者は、この世に一人もおりませぬ」

すると忠冬は、危なげな目つきに変わった。

「わしに押さえられた、みどりの顔を今でもはっきり思い出す。みどりは今も、ここでわしのものとして生きておる」

胸に手を当てる忠冬に、木場は一瞬、しまった、という顔をした。あの夜のことを思い出させる言動を悔いたのだ。

「殿、この世には、殿に見合《みお》うたおなごが大勢おりまする」

そう諌《いさ》めたが、もう遅い。

興奮気味の忠冬は、爪を嚙《か》み、目を落ち着きなく左右に動かしている。

そして、異様な光を帯《お》びた目を木場に向けた。

「わしは、光代を我が物としたい」

木場は慌てた。

「なりませぬ。悪い癖です。今はおとなしくするべきかと存じます」

「言うな。わしは、光代を我が物としなければ、夜も眠れぬ。命じたことは、調べておるのか。縁談を断る理由は、わかったのか」

話すことをためらう木場に、忠冬が詰め寄る。

「申せ、申さぬか」

木場は忠冬を落ち着かせ、恐る恐る言う。

「市田家に送り込んでいる間者の知らせでは、圭右に斬られて臥《ふ》している男を、光代殿がかいがいしく看病しているそうです。どうも、恋仲ではないかと申しますから、すでに生娘《きむすめ》ではないやもしれませぬ」

「何……」

「殿、あの程度のおなごならば、江戸には数多《あまた》おります。それがしが見つけてまいりますゆえ、どうか、光代殿に対する欲望をお抑《おさ》えください」

「黙れ。光代は、わしのものだ」

「殿、ここは将軍家のお膝下《ひざもと》です。八王子の田舎《いなか》ではありませぬから、恐ろしいお考えはおやめください」

諌める木場の声は、忠冬には届いていない。

ぶつぶつ何か言っていたかと思うと、顔を真っ赤に染め、怒りに満ちた目をした。

「おのれ実清め。妻に欲しいと望むわしの気持ちを知りながら、そのようなことをさせるとは許せぬ。光代めも、生かしてなるものか」

歯をむき出し、扇《おうぎ》をへし折った。

このような状態になれば、誰にも押さえられないことを知る木場は、己の命を守るために従うしかない。

「光代殿は、今月も護持院へ写経に行かれるそうです」

そう教えると、忠冬はじろりと木場を見、嬉々《きき》とした顔をした。

「それは、まことか」

「はい」

「いつだ、いつまいる」

「殿が初めてお会いになられた日と同じ、十八日にございます」

「おお、そうであった。光代は、毎月十八日に行っておるのだ」

忠冬は、桂昌院の供をして護持院を訪ねた際、実清と共に写経をする光代の姿を見て、我が物にしたいと思っていたのだ。

「途中で、攫いますか」

木場が言うと、忠冬は驚いた顔をし、すぐさま、邪悪なこころを面《おもて》に出した。

「それまで待てぬ。こうしているあいだも、光代が他の男に尽くしているかと思うと、腹が立つ。光代はわしのものだ。誰にも渡さぬ。風間みどりと同じ目に遭わせてやる」

木場は慌てた。

「まさか、市田家に押し込むつもりですか」

忠冬が、異様な目を向ける。

「様子を知らせた手の者は、まだ中におるのであろう。その者に、手引きをさせよ」

異常なまでの執着を見せるあるじに、木場は従うしかない。

「では、本崎と青山を呼びまする」

木場は一旦下がり、本崎と青山を連れて戻ってきた。

本気で光代を襲う気の忠冬は、初めて加わる青山正吾郎に忠誠を誓わせたうえで、悪事の中身を伝えた。

市田家に雇われてひと月になる下男の三助《さんすけ》は、護持院の隆光和尚《おしょう》を崇拝《すうはい》する実清が、寺の者から紹介された者だ。

その寺の者は、忠冬の息がかかった者。

忠冬が縁談を望む市田家の様子と、何より、光代の素行を調べるために、木場が送り込んだ間者だ。

その三助に、木場から密書が届いたのは二日前。

決行の夜を迎え、長屋で時を待っていた三助は、暗闇の中で起き上がり、静かに外へ出た。

気がかりは、今日の昼間に、光代の従姉妹《いとこ》だという女が訪ねてきて、そのまま泊まっていることだ。

まずはその女が眠る客間に行くため、勝手口から潜入した。雨戸が閉められている廊下は暗いが、夜目が利く三助には関係ない。

足音も気配も消して進み、客間の障子を少しだけ開けた。隙間《すきま》からのぞく三助の右目に、夜着《よぎ》の膨《ふく》らみが映る。

　ぐっすり眠っている。

　そう判断した三助は、静かに閉め、廊下の奥をうかがう。

　光代の部屋は、納戸《なんど》を挟んだ先にある。あるじ実頼と大殿の夫婦が眠るのは奥向きのため、この場より離れている。

　光代の部屋を調べ、一人で眠っているのを確かめた三助は、一旦外へ出ると、裏木戸へ向かった。

　閂《かんぬき》をはずし、静かに開ける。すると、覆面をした四人の黒い影が入ってきた。

　忠冬と木場たちだ。

　三助が忠冬に言う。

「家来たちは、眠り薬入りの酒を飲んでいます。朝まで起きませぬ。下女たちは手足を縛り、口を塞《ふさ》いでおりますからご安心を」

「よし、光代の部屋に案内いたせ」

　忠冬に従った三助は、勝手口に進み、招き入れると、廊下を急いだ。

　光代の部屋の障子を開けると、本崎と青山が先に入った。

　本崎が光代の夜着を剝《は》ぎ取り、押さえようと手を差し伸べたその時、刃物が一《いっ》閃《せん》された。

驚いて跳びすさった本崎は、右腕を押さえて呻《うめ》く。右の手首に血が流れ、畳にしたたり落ちた。

部屋を間違えたと慌てた三助は、従姉妹と入れ替わっていると察して、納戸の襖を開け、先ほど確かめた客間に行った。夜着を剝いだ三助は、あっ、と声をあげて下がった。

むくりと起き上がったのは、女ではなく男。不敵な笑みを浮かべるのは、岩倉と光代を守るため屋敷に入っていた、雨宮真之丞だ。

目を見張る三助の背後で、忠冬の怒号《どごう》があがった。

「貴様、何者だ」

雨宮から逃げるように戻った三助は、刀を抜いた忠冬のために、蠟燭《ろうそく》に火を灯《とも》した。

忠冬たちと対峙《たいじ》するのは、光代ではなく、忍《しの》び装束《しょうぞく》をまとった色白の女。

蠟燭の明かりに浮かぶ忍びの女は、かえでだ。

腕を斬られた本崎が、左手で脇差を抜いて斬りかかった。

かえでは小太刀《こだち》で受け流し、柄《つか》で本崎のこめかみを打つ。

うっ、と呻いた本崎は、よろけて下がった。

手負いとはいえ、本崎が敵《かな》わぬことと、雨宮が加わったことに忠冬は慌て、雨戸を蹴破って外へ出た。

「引け」

忍びが現れたことに怖じ気《おけ》づいた忠冬は、覆面を剝ぎ取られる前に逃げようと、裏木戸に向かう。

走る忠冬の行く手に、人影が立ちはだかる。

止まった忠冬が、暗がりに目をこらしていると、人影が歩み出た。月明かりに浮かぶ顔を見た忠冬は、覆面の奥の目を見開いた。

「西ノ丸！　……様」

声を聞いた木場が焦《あせ》り、忠冬を守って左近と対峙し、本崎と青山に斬れと命じた。

すぐに動かぬ本崎と青山に、木場が怒鳴る。

「このままでは、我らはしまいぞ。斬れ！　ええい、斬れ！」

本崎は、腕の痛みを忘れて両手で刀を構え、青山と左右に分かれて迫る。

宝刀安綱の鯉口《こいぐち》を切った左近は、右から斬りかかった本崎の一刀をかい潜《くぐ》り、前に出る。それを隙と見て、背後から斬りかかった青山の一刀を、左近は振り向きざまに抜刀《ばっとう》し、弾《はじ》き上げた。

その剛剣に、青山は目を見張って下がる。

左近は青山を睨みつつ、右手ににぎる安綱を峰《みね》に返した。

生け捕りにする気の左近に、顔を引きつらせる青山。

「おのれ！」

叫び、猛然と斬りかかる青山の袈裟《けさ》斬《ぎ》りを、左近は左に足を運んでかわすと同時に頭を打つ。

峰《みね》打《う》ちとはいえ、刀で頭を打たれた青山は、振り向いたものの足がふらつき、昏倒《こんとう》した。

左近は、斬りかかろうとした本崎に切っ先を向ける。

刀を振り上げたまま止まった本崎は、下がって正眼に構える。右に足を運び、すぐさま左に足を運んで、斬りかかる隙をうかがう。

左近が刀身を下げると、本崎は目を見開き、誘いを隙と勘違いして斬りかかった。

振り上げて打ち下ろす本崎の間合い深く飛び込んだ左近は、胴を払ってすれ違う。

腹を峰打ちされた本崎は、地獄の苦しみに声も出せず倒れ、気を失った。

剣の腕が立つはずの二人が、あえなく倒されたのを見た三助は、裏ではなく表から逃げようとしたが、かえでが立ちはだかる。

「ま、待ってくれ。おれは、脅《おど》されてやっただけだ」

かえでが小太刀を下ろすと、三助は腰に隠していた刃物を抜いて斬りかかった。

その刃物さばきは、忍びのもの。

かえでは小太刀で応戦し、激しくぶつけ合う。

腹を蹴られた三助が、大きく跳びすさって離れようとした。だが、追って跳ぶかえでが、冷静な目をして迫る。

着地した三助は、左手で手裏剣を投げようとした。

そうはさせじと、かえでは三助の手首を蹴って手裏剣を飛ばし、喉を拳《こぶし》で突いた。

白壁まで飛ばされて背中を強打した三助は、喉を手で押さえ、ずるずると崩れて地べたに尻をつくと、首《こうべ》を垂れた。

木場は左近を恐れ、逃げ道を得ようと雨宮に斬りかかった。

その雨宮は、左近も認める剣の遣い手。

斬りかかる木場の一刀を刀で受け止めた雨宮は、刀身をぐるりと回し、木場の手から刀を飛ばすと、眉間に当たる寸前で、刀の切っ先をぴたりと止めた。

目を見張った木場は、

「き、斬らないでくれ」

怖じ気づいて下がり、その場に平伏した。

往生際《おうじょうぎわ》が悪い忠冬は、雨宮が木場にかかっている隙に、母屋《おもや》から逃げようとした。

だが、実清と実頼親子が廊下に現れ、家来たちが逃げ道を塞ぐ。

薬で眠っているはずの家来たちが現れたことで、忠冬は謀《たばか》られたと悔しがり、左近に刀を向ける。

対峙した左近は、覆面を着けている忠冬に切っ先を向けて言う。

「一田志摩守。貴様が八王子で風間みどり殿に執着していたこと、光代殿を、みどり殿と同じ目に遭わせると申したことは、余の知るところだ」

「なんのことか、知らぬ」

「貴様の悪だくみは、余の手の者が忍び込んで聞いていたのだ。今宵《こよい》ここへ押し込んだのが、動かぬ証。逃れようとしても無駄だ。上様から厳しい沙汰《さた》があるものと、覚悟いたせ」

忠冬は覆面を取り、地べたに両膝をついた。血走った目で左近を睨み、大刀を捨てて脇差を抜き、切腹しようとした。

左近が安綱で、忠冬の手首を打った。

脇差を落とし、痛みに顔を歪《ゆが》める忠冬の眼前に、左近は切っ先を向ける。

「鬼畜《きちく》めに、武士の真似《まね》をさせるものか」

厳しく言い、実清親子に捕縛《ほばく》を命じた。

「寄るな、放せ！」

抵抗した忠冬は、市田家の家来に腹ばいに押さえられ、縄をかけられても、わめき散らしていた。

「連れていけ」

実清は、忠冬一味を蔵に閉じ込めるよう命じ、実頼と揃って左近に頭を下げた。

「西ノ丸様、このご恩、生涯忘れませぬ」

左近は面を上げさせ、微笑む。

「友を手厚く看病してくれた礼だ。恩に着るな」

すると実清が、嬉しそうな顔で言う。

「娘の婿《むこ》になるお方をお守りするのは、当然のことにございます」

左近は驚いた。

「それは、まことか」

「父上」

実頼が慌て、左近に頭を下げる。

「申しわけありませぬ西ノ丸様。岩倉様からは、まだお返事をいただいておりませぬ。父が願うあまり、勝手に申しました」

左近はため息をつく。

「それは、じれったいことだ」

「は?」

驚く実頼に、左近は笑い、

「ちと、背中を押してやろう」

そう言うと、一人で離れに向かった。

暗い障子の前に立つと、

「誰だ」

中から、岩倉の険しい声がした。

「おれだ、左近だ」

声をかけると、明かりが灯された。外障子に人影が近づいて座し、開けられた。両手をつくのは、光代だ。

中に入った左近に、布団で座る岩倉が、刀を横に置いてうなずく。

「一田志摩守は、やはり来たのか」

「うむ」

「斬ったのか」

「いや、処分は上様に託す」

岩倉は不服そうだ。

「桂昌院に気を遣うか。奴が覚えめでたいなら、何もなかったことにされまいか」

「志摩守の悪事を知られれば、桂昌院様はお怒りになるはず。決して、許されまい」

「だとよいが」

岩倉は、吐き捨てるように言う。

左近は、話を変えた。

「それより、傷の具合はどうだ」

「見てのとおり、動ける」

「光代殿のおかげだな」

岩倉は、照れた顔でうなずいた。

左近は、下座にいる光代に膝を転じた。

ふたたび頭を下げる光代に面を上げさせ、

「末永く、友をお頼み申す」

そう言うと、光代は驚いた顔をした。

左近は微笑み、岩倉に顔を向ける。

「縁談のことは聞いている。光代殿に、幸せにしてもらえ」

すると岩倉は、驚いた顔をしたが、

「幸せになる自信はある」

ずうずうしく言い、光代を見た。

左近も光代に顔を向けると、岩倉を見て微笑んでいた光代は慌て、恥ずかしそうにうつむいた。

左近は、光代の背後を見て言う。

「実清殿、我らは邪魔なようだ」

すると実清が廊下に現れ、なんとも嬉しそうな顔で笑った。

七

西ノ丸にいる左近のもとに、忠冬の処分を知らせに又兵衛が来たのは、二日後のことだ。

激怒した綱吉は、忠冬と家来三人の斬首を命じ、即日処刑されたという。

左近は、忠冬のことを知った桂昌院のことを気にかけた。

「桂昌院様は、いかがなされておる」

「本日予定されていた護持院への参詣《さんけい》をおやめになり、大奥に籠《こ》もられているとのこと。志摩守の人となりを見抜けなかったことを、嘆《なげ》かれたそうです」

「こころの闇を隠す者の正体を見抜くのは、難しいことだ。さぞ、気を落とされておられよう」

「殿に毒を盛ろうとしたお藤ですが、今朝方、自害しているのが見つかったそうです。志摩守主従の処刑を知り、桂昌院様に、我らの調べが及ぶことを恐れてのことではないかと」

「それは考えすぎではないか。桂昌院様が関わっていたとは思えぬ」

「そうでしょうか」

「余はそう見ておる」

「殿がそうおっしゃるなら、何も申しませぬ」

「それでよい。では、支度をするか」

「どちらに行かれます」

「余は、志摩守に関わるなとおっしゃった上様に背《そむ》いた。そろそろ、呼び出しがあろう。お叱《しか》りですめばよいが」

するると、又兵衛が首を横に振った。

「呼び出しなどございませぬ。あるとすれば、桂昌院様に近づく悪人を排除したのですから、褒《ほ》められて当然かと存じます」

そこへ、間部が来た。雨宮と二人で、葵《あおい》の御紋《ごもん》が染め抜かれた布がかけられた物を持っている。

間部は、それらの品を左近の前に置き、頭を下げて言う。

「先ほど、桂昌院様から届けられました。銀の食器だそうです」

又兵衛は驚いた。そして考え、左近に言う。

「お藤は桂昌院様の肝煎りで、西ノ丸に入っていた者。そのお藤が毒を盛ろうとしたことを知られ、身の潔白《けっぱく》を示すために贈られたのでしょう。これで、上様のお叱りはなくなりましたぞ」

「うむ」

左近は微笑んだ。

又兵衛は神妙な顔で言う。

「されど、油断は禁物です」

「使うなと申すか」

「いかにも。それがしが作らせた物のみを、使っていただきます」

すっかり桂昌院を信用しなくなっているのは、元大目付の勘であろうか。

間部が布を取った。

すべてに葵の御紋が刻《きざ》まれた食器はどれも見事な作りで、傷ひとつなく輝いている。

左近は、案じてくれる又兵衛の進言を受け入れた。

「この品々は、桂昌院様からの贈り物として家宝といたす」

外桜田御門内の、甲府藩上屋敷の蔵に納《おさ》めるよう、間部に命じた。

総登城の日、左近は綱吉から小言のひとつでも言われるかと思っていたが、行事が終わり、白書院《しろしょいん》から下がる際も、

「綱豊、大儀であった」

この一言のみ。

綱吉は、いつもと変わらぬ様子だ。

それはそれでよい。

そう思う左近は、己から桂昌院と忠冬のことには触れず、西ノ丸に戻った。

今日からしばらくは、これといった用がない。

久々に、お琴に会いに行くと決めていた左近は、日が暮れるまでには三島屋に着くように、身支度をして西ノ丸をくだった。

西日が土塀《どべい》の長い影を作る、人気《ひとけ》のない武家地の道を歩いていた時、前方の土塀の角から、一人の男が曲がってきた。

顔が隠れた編笠《あみがさ》に羽織袴《はおりはかま》は、剣客風だ。

足の運びも隙がない。

剣客風は、編笠の端を持ち上げ、一度左近を見た。

顔つきは穏やかで、無精髭《ぶしょうひげ》も伸びていない男は、編笠から手を離し、歩調を変えずに進んでくる。

互いに道の端へ寄って歩み、邪魔にならぬよう近づき、すれ違った。その刹那《せつな》、剣客が抜刀し、無言で斬りかかってきた。

湧《わ》き上がる殺気を瞬時に察知していた左近は、安綱で刃《やいば》を受け止める。

剣客はふわりと跳びすさり、右足を引いて脇構えに転じるや否《いな》や、猛然と迫る。

左近は、脇構えから一文字に一閃された切っ先を引いてかわし、袈裟斬りに打ち下ろす。

剣客は太刀筋を見切ってかわした。

空振りした左近は、背中を狙う剣客の一撃を安綱で受け止め、右肩をぶつけ合う。

互いに押し、右に回って場所を入れ替わる。肩越しに見える剣客の目は、先ほどとは一変して白目が目立ち、血に飢《う》えた者が見せる眼差しとなっている。

「何者だ」

左近は問うが、男は答えぬ。

ほぼ同時に離れ、互いに正眼で対峙した。

左近を密かに守る小五郎が通りに現れ、剣客の背後から手裏剣を投げた。だが剣客は、まるで背中に目があるかのごとく刀を振るって手裏剣を弾き飛ばした。

隙を逃さぬ左近が斬りかかる一刀を、剣客は抜かりなく受け流す。そして同時に、剣客の左手から小柄《こづか》が投げられていた。

気づくのが一瞬だけ遅れた小五郎の腕をかすめ、傷つける。

通りの角を曲がってきた三人の武家が、刀を抜いている左近たちを見て色めき立った。

「何をしておる！」

三人のうち一人が怒鳴ると、剣客はすうっと間合いを空け、走り去った。

小五郎が追って走ったが、相手は逃げ足が速く、見失ってしまう。

続いて走っていた左近が、町の雑踏《ざっとう》で立ち止まる小五郎に追いついた。

「小五郎、腕の傷を見せよ」

小五郎は頭を下げた。

「かすり傷です。それより、何者でしょうか」

かなりの遣い手だと、小五郎は案じた。

左近は、男が去った通りに顔を向けて言う。

「顔は初めて見たが、太刀筋には、覚えがある」

小五郎は驚いた。

「以前にも、命を狙われたとおっしゃいますか」

「ずいぶん前のことだ」

綱吉と並び、五代将軍と目《もく》されていた頃、幾度か命を狙われたことがある左近は、今の者に一度だけ襲われたことがあったのだ。

小五郎が案じた。

「忠冬を捕らえた仕返しでしょうか。まさか……」

「その先を申すな」

止めた左近は、刺客が消えた通りを行《ゆ》き交《か》う人々を見つめていたが、憂いを面《おもて》に出さず、きびすを返した。

心配そうな小五郎に、案ずるな、と言い、お琴が待つ三島屋に歩みを進めた。

この作品は双葉文庫のために書き下ろされました。

双葉文庫

さ-38-10

新《しん》・浪人若《ろうにんわか》さま 新見左近《にいみさこん》【六】

恨《うら》みの剣《けん》

2020年11月15日　第1刷発行

【著者】

佐々木裕一《ささきゆういち》

【発行者】

箕浦克史

【発行所】

株式会社双葉社

〒162-8540 東京都新宿区東五軒町3番28号

［電話］03-5261-4818（営業） 03-5261-4833（編集）

www.futabasha.co.jp（双葉社の書籍・コミックが買えます）

【印刷所】

中央精版印刷株式会社

【製本所】

中央精版印刷株式会社

【フォーマット・デザイン】

日下潤一

ISBN978-4-575-67028-8 C0193
Printed in Japan